Sie können einander nicht entkommen, zehn Menschen, eingesperrt in der abgelegenen Hütte, derweil rundum vom Berg Stück um Stück zu Tale donnert. Ein Abstieg ins Dorf ist nicht mehr möglich.

Das Eingeschlossensein ist als literarisches Motiv nicht neu. Neu ist der Einschließer: der Klimawandel. Der Permafrost taut, der Berg rutscht. Und es rutscht auch das angenehm nette Bild, das die Eingeschlossenen von sich selber machen. In Panik und Enge wachsen Arroganz, Wut und Begierde. So legt sich der grüne Aktivist Erwin mit dem Klimawandelleugner Wolf an, der Wirt Sepp geht auf den jungen Juri los. Arne liebt heimlich und hoffnungslos Lara, die Freundin seines Freundes Wolf, und Amai, mit Erwin liiert, lässt sich auf Sex mit Sepp ein. Wie verstört, wie verändert werden sie nach der Katastrophe weiterleben? Zwei Tage und zwei Nächte dauert das Warten auf den rettenden Hubschrauber. Nicht alle schaffen es auf den Flug in die Freiheit.

Angelika Waldis

Berghau

Roman

Atlantis

Das Gedicht »Fire and Ice« von Robert Frost wurde erstmals 1920 im *Harper's Magazine* publiziert und danach in Frosts erstem Gedichtband *New Hampshire*, 1923

www.atlantisverlag.ch
Lektorat: Heiko Arntz
Covergestaltung: Lara Flues
Coverabbildung: © Chiara Ghigliazza
Satz: Herr K | Jan Kermes, Leipzig
Gesetzt aus der Stempel Garamond LT / 230120
Druck und Bindung: GGP Media GmbH, Pößneck
Auch als E-Book erhältlich
ISBN 978 3 7152 5504 0

Für Perma und Robert Frost

Some say the world will end in fire,
Some say in ice.
From what I've tasted of desire
I hold with those who favor fire …

(Robert Frost 1874–1963)

I

An einem strahlenden Julimorgen

Etwas stürzte ein.

Der Boden zitterte.

Amai griff nach Erwins Arm, der zitterte auch.

Sie blieben stehen. Auch das blonde Gras links und rechts des Wegs zitterte, zitterte wild. Und die Wacholderstauden und der alte Holzzaun. Nur am Himmel tat sich nichts. Der war blank und blau, straff zwischen die Felsen gespannt.

Sie standen und lauschten. Aus einem dumpfen Poltern wurde ein Dröhnen und Krachen, durchsetzt von giftigem Pfeifen, dann folgte ein rutschhaftes Rumpeln und ein Knallen wie Feuerwerk und dann Stille.

»Was ist das?«, fragte Erwin halblaut, und wie zur Strafe, dass er mit seinem Flüstern die Luft bewegt hatte, ging es nochmals los, lauter noch, und plötzlich ließ er sich fallen, der Lärm, wie ein erschöpfter Hund.

Das Zittern war weg.

Sie sahen einander an. Aufwärtswandern oder umkehren? Die kleine Senke hatten sie schon zu zwei Dritteln hinter sich, oben würden sie Rundumsicht haben, also weiter. Erwin ging voraus. Seine helle Wanderhose hatte auf dem

Hintern zwei violette Flecken, wie Augen, die zu zwinkern schienen. Amai dachte, es ist wohl so, ich liebe dich.

Die Stille war dieselbe wie vor dem Krach, aber jetzt schien sie plötzlich unheimlich. Es war ihr nicht mehr zu trauen. Amai merkte, dass sie ihre Füße sorgfältiger aufsetzte, so als dürfe man sie nicht hören. Und es kam ihr vor, als wolle auch Erwin keine Geräusche verursachen. Wir schleichen uns an, dachte sie, an wen, an was?

Sie hatte Durst, aber stehen bleiben und die Flasche auspacken, das ging jetzt nicht, sie mussten hoch, so schnell sie konnten, sie mussten wissen, was los war. Über Erwins Kniekehlen lief Schweiß. Mit scharfen Pfiffen verfolgten sich zwei Krähen. Erwin blickte über die Schulter nach hinten und sagte »Bergdohlen«. Dann eben Bergdohlen. Was zum Teufel war da oben oder unten oder hinten oder drüben eingestürzt?

Als sie auf der Krete standen, hielten sie einander fest. Ein Weitergehen gab es nicht, der Hang vor ihnen war kahl, war bloßer Fels, leergeräumt, ein sauberes dunkles Faltenkleid, das sich nach unten bauschte, der ganze grüne Überwurf war weg, Gesträuch, Kraut, Gras weg. Und unten am Saum türmte sich eine braungraue Masse, soweit das Auge reichte. Weit entfernt, auf der anderen Seite des blankgescheuerten Hangs, bewegte sich etwas, da waren – klein wie Ohrwürmer – zwei oder drei Gestalten, es sah aus, als winke eine. Erwin winkte zurück.

Wieder die Dohlen, zijag zijag zijag.

»Hörst du?«, sagte Amai. »Was?« »Dieses Grummlige.« Erwin hörte es nicht. »Als würde eine Katze gleich schnurren.« Erwin hörte es nicht. »Und was jetzt?«

Erwin hängte Flüche aneinander, schwedische Flüche, Amai verstand sie nicht, sie wusste nur, dass es Flüche waren. Dann sagte er: »Nichts wie weg hier, zurück.«

Diesmal ging Amai voraus. Sie sah beim Abstieg verwundert, wie viel sie beim Aufstieg übersehen hatte. Schieferplatten, schimmernd wie Wasser, Polster von fetter Hauswurz, leere Schnirkelschneckenhäuser, hunderte hellblauer Blüten wie ein Schwarm von kleinen Faltern. Gerade, als sie das Knallblau eines Enzians sah, rutschte ihr vorderer Fuß weg und sie schlitterte ein paar Meter abwärts. Ein Felsbrocken stoppte sie. Erwin hinter ihr schrie etwas, wieder so was schwedisch Gefluchtes. Sie stand sofort auf und ging weiter. Beide Handballen waren aufgeschürft, das zeigte sie Erwin nicht. Da, wo sie beim Aufstieg gerastet und sich umarmt hatten, hielt sie an. Erwin holte die Flasche aus dem Rucksack. Noch immer sah man nicht ins Tal. Noch immer waren sie in menschenleerem Gelände, ein Windchen fächelte die Wärme weg.

»Wir hätten Bilder machen sollen.«

Mit »wir« meinte Erwin sie. Sie hatte bislang fotografiert, sie hatte die bessere Kamera, das neuere iPhone. Manchmal sprach er wie ein Lehrer. Nun, er war ja auch einer.

Ja, sie hätten Bilder machen sollen.

Ob der Mann an der Seilbahn noch da war? Der würde staunen, dass sie schon wieder zurückkamen. Da sind wir wieder, der Weg ist weg! Schöner Satz. Weg ist der Weg. Und weg die halbe Welt. Der Mann hatte auf seiner Mundharmonika geübt für nächsten Sonntag, da wollte er mit seinem Kollegen auf einem Ausflugsdampfer auftreten. Er spielte etwas vor, für Amai. Weil ihre Haare rot seien wie eine Alpenrose. Stimme gar nicht, hatte Erwin nachher gesagt. Ihre Haare seien rot wie eine Hagebutte. Oder wie diese spanische Wurst, wie heißt sie schon wieder. Oder wie kalte Pizza. »Und du hast Ohren wie geschälte Garnelen«, hatte Amai erwidert, »warum cremst du die nie ein?«

Es war ein vergnügtes Dasein.

Es war, bevor etwas einstürzte.

Sie eilten bergab, sie rannten fast. Wenn sie stehen blieben, hielten sie ihr Keuchen an, um zu lauschen. Nichts, kein Poltern, kein Rumpeln mehr. Auch Muhen oder Meckern war nicht zu hören. Einmal ein Helikopter, weit weg. Erwin trank die Flasche leer, sah Amais Blick, sagte Entschuldigung. Sie hätten zwei Flaschen einpacken sollen. »Weiß jemand, wohin wir wollten?«, fragte Amai. Nein. Niemand, sie hatten sich im letzten Moment umentschieden. Sobald sie aus dem Funkloch waren, würde sie ihren Bruder anrufen, vielleicht hatte der etwas gehört von einem Felssturz oder so. Warum tauchten hier nicht weitere Helikopter auf? Amais Handballen brannten. Noch schätzungsweise fünfzehn Minuten bis zur Seilbahn. Nach der nächsten Kuppe sollte sie zu sehen sein, die alte Seilbahn, blaue Zweierkiste, die Sitze mit grünem Filz überzogen.

Es war Erwins Idee gewesen, diesen Ausflug zu machen. Noch einmal richtig Berge, richtig Luft, richtig Weite. Noch einmal richtig Sommeralpwiesenkuhfladengroove, richtig Bewegung, richtig Muskelkater, bevor sie in der

Stadt ihre neue Stelle antraten, sie beim Schulamt und er vier Wochen später an der Kantonsschule. »Pause«, sagte Amai und zeigte auf einen Streifen gelbes, trockenes Moos. »Sitzen.« Sie war plötzlich müde. Sie mochte nicht mal mehr »Schneeberge« sagen, streckte nur den Zeigefinger aus und fuhr über den Horizont, über das verschneite Zickzack unter der Bläue. »Wie von Gott abgebissen«, sagte Erwin. Das ist schön, dachte Amai, und wartete darauf, dass Erwin jetzt noch was von Gott und dem in die Tiefe gestürzten Berghang sagte. Aber er legte sich neben sie ins Moos und sagte nichts mehr.

Bei der Seilbahn war niemand. Kein Mann mehr mit Mundharmonika. »Hallo«, rief Amai. Hallo. Hallo. Nichts regte sich. Erwin setzte sich hin und sprang gleich wieder auf, da waren Brennnesseln. Und dann sahen sie das Seil, das armdicke Stahlseil der Bahn, es hing, es baumelte leicht, und weiter unten lag es am Boden. Und noch weiter unten lag etwas, das sah aus wie ein gestürzter Mast.

Oben im Blau war eine einzige Wolke.

Ein wunderbarer Tag.

Das Schlimmste war, dass Erwin nicht mehr fluchte.

Sie fanden den Weg zum Berghau nicht sofort. Etwa zehn Minuten rechts, dann leicht bergauf, hatte der Mundharmonikamann gesagt, dann sei die Fahne zu sehen. Wenn der Berghau-Sepp guter Laune sei, koche er Älplermagronen, und seine geräucherte Ziegenwurst könne man kaufen. Aber nein, heute sei ja Montag, da sei der Berghau zu. Erwin sah bleich aus. Und dann diese rot verbrannten Ohren. Amai lachte und kam sich dumm vor. Rundum war reiner Schrecken, und sie lachte. Sie presste die brennenden Handballen auf einen Fleck grünes Moos, das kühlte, dann rannte sie Erwin auf dem schmalen Weg hinterher.

»Dort kommen zwei«, sagte Sepp, der durch die gesprungene Fensterscheibe spähte. »Wink sie weg«, rief Gret im Hintergrund. Sie fegte mit vorsichtigen Besenstrichen den Schutt in eine Ecke. »Noch mehr Volk hier drin ist gefährlich.« Wegwinken, wie sollte er. Durch die fliegendreckgesprenkelte Scheibe würden sie ihn gar nicht erkennen, und vor die Tür treten mochte er nicht. Die kleine Holzterrasse konnte jederzeit abrutschen und in die Tiefe donnern, dann war das Haus so knapp am Abgrund wie ein Pantoffel auf der obersten Treppenstufe. Gret hatte recht: Je mehr Leute sich hier drinnen bewegten, desto heikler wurde die Lage. Aber wohin sollten dann die beiden da draußen? Beide Wege bergab waren futsch, das steile sogenannte Kanonenrohr war weggebrochen, und der Pfad über die Schnüralp und den Mätteliboden war zugeschüttet.

Es waren ein Mann und eine Frau, noch jung, die näher kamen, sie hatte etwas Rotes auf dem Kopf. Sie kamen wohl von der Grüzer Krete, dort oben musste es auch gekracht haben. Der Mann ging voraus, etwas zu rasch, als er abrupt stehen blieb, prallte die Frau fast in ihn hinein. Er drehte sich nach ihr um, sie redeten, sie schüttelte den Kopf, das Rote war ihr Haar. Sepp beneidete die beiden, er hätte nicht sagen können, warum. Von der

Küche war wieder das Gejammer der Japanerin zu hören, oder war sie Chinesin? Auf jeden Fall war sie von dort hinten irgendwo und hatte so kleine Füße wie ein Kind. Füße in Sandalen. So gingen die in die Berge, diese Spinner. Sepp nahm etwas Spucke zwischen die Finger und rieb Fliegendreck von der Scheibe. Wenn er Gret bitten würde, die Fenster zu putzen, würde sie sagen, wozu. Wozu soll ich die Steine da draußen besser sehen, Steine, Steine. Sie hat schon geträumt, sie habe Steine gekotzt. Gret ist nicht gemacht für hier oben, sie braucht es grün und feucht, hat sie gesagt. Hat gesagt, Sepp, warum bin ich dir bloß über den Weg gelaufen, warum hast du mir bloß gefallen, so ein Bergschratt. Er hörte, wie sie auf die Japanerin einredete, englisch, ostschweizerenglisch. »Kwaiet!«, sagte sie.

Gret stellte sich neben Sepp ans Fenster. »Die eine Japse hat sich was gebrochen«, sagte sie. »Glaub ich mal. Unterhalb der Wade, da steht so was vor.« Auch das noch. Weder Sepp noch Gret verstanden etwas von Verletzungen. In Notfällen kam der alte Doktor hier herauf. »Und die andere?«, fragte Sepp. »Japse zwei ist noch ganz. Sie murmelt unterbrochen.« »Vielleicht betet sie«, sagte Sepp, »Heiliger Benedikt, bitt für uns.« »Der Benedikt ist für Gallensteine«, sagte Gret. »Stein ist Stein«, sagte Sepp.

Da klopfte es an der Tür.

Amai wunderte sich, dass Erwin klopfte, wo doch an der Tür »Willkommen« stand. Sie hätte einfach die Klinke gedrückt. Aber Erwin gab sich immer wohlerzogener als sie. Fluchte nur auf Schwedisch, weil das niemand verstand. Wandte sich ab, wenn er sich schnäuzte. Bedankte sich deutlich für ein paar Münzen Wechselgeld. Die Tür ging auf, und Amai sah erst nur den kräftigen Arm, der sie hineinwinkte, blondbehaart, dann den ganzen Sepp, und sie dachte, was für ein Kerl, und der macht Würste?

Drinnen roch es staubig, Staub schleierte im Sonnenlicht, das durch die offene Tür fiel. »Guten Tag«, sagte Erwin in den Raum hinein, »Tag«, sagte Sepp. Amai hatte sich ihn anders vorgestellt, gedrungen, verschwitzt und dunkel irgendwie. Der hier sah aus wie ein Rettungsschwimmer in einem Film, gebleichtes Haar, gelbe Shorts, braune Waden. »Die Küche ist aber zu«, sagte Sepp. Jemand lachte, eine Frau mit Besen. Jemand jammerte im Hintergrund, eine Katze? Amai spähte durch den Staub, sah ein paar Tische, daran ein paar Leute, die blickten zu ihr und Erwin. »Wir würden nur gern was trinken«, sagte Erwin in seiner höflichen Art, und dann schoss er eine Salve Schwedenfluch hinterher, endlich. Er zog Amai zu einer Fensterbank, ließ den Rucksack zu Boden fallen und holte das Handy aus der Hosentasche. Wieder lachte jemand, die Frau mit dem Besen. »Kannst du vergessen«, sagte sie. »Kommt ihr von der Grüze?« Amai spürte Erwins Ellbogen, red du, hieß das. Amai wusste nicht, was die Grüze war. Sie strich sich über die trockenen Lippen und schilderte dann das Donnern und Krachen, das sie beim Aufstieg gehört hatten, und dass auf der anderen Seite der Krete der Hang weggerutscht war, kein Weg mehr, kein Weitergehen, und weit weg an einer steilen Flanke, noch winzig zu sehen, zwei oder drei Wanderer.

Sepp stellte Colaflaschen auf den Tisch.

Die Frau mit dem Besen, von Sepp Gret gerufen, setzte sich dazu und schob den Besen unter die Bank.

Erwin wunderte sich, dass Amai sagte, es sei Horror gewesen da oben. So hatte sie nicht auf ihn gewirkt, als sie zusammen auf der Krete standen. Sie war bloß verstummt, aber er, er hatte tatsächlich ein tiefes Grausen verspürt, schwindlig war ihm geworden, schlecht. Sie hingegen hatte sogar mal gelacht. Was sie hier schilderte, klang falsch. Horror, sagte sie, Horror, sie sei dann auch prompt gestürzt, und legte ihre beiden Hände aufgedreht auf den Tisch. Die waren tatsächlich aufgeschürft. Zwei Männer und eine Frau kamen aus dem schummrigen Hintergrund der Gaststube, beugten sich über den Tisch und starrten auf Amais Hände. »Setzt euch doch«, sagte Amai, »ich bin Annemarie oder kurz: Amai.« Wieder wunderte sich Erwin. Das tat Amai sonst nie, sich als Amai vorstellen. Diese Abkürzung von Annemarie war seine Erfindung gewesen, er hatte sozusagen das alleinige Recht darauf. Die beiden Männer stellten sich vor, der mit der grünen Mütze hieß Wolf und der mit dem wilden Schopf Arnold oder Arne. Die Frau sagte erst nichts und dann »Lara«. Erwin stürzte die Cola hinunter. Amai tat es ihm nach. »Bist du vielleicht Arzt?«, sagte Gret zu Erwin. Er schüttelte den Kopf und wusste, dass Amai beleidigt war, weil Gret nur ihn gefragt hatte. »Ich bin übrigens Erwin.«

Jetzt setzte sich auch Sepp an den Tisch. »Ist nämlich so, dass wir hier eine Verletzte haben«, sagte er. Gerade eben war wieder das Jammern der Japanerin zu hören. »Sie war gerade aufs Klo gegangen, als es passierte.« »Als was passierte?«, fragte Erwin. »Als das ganze Zeug herunterkam. Der Berg, der Fels, der Schutt. Das halbe Haus da hinten ist begraben, hast du noch gar nicht gesehen, was?«

Es war auf einmal still, still am Tisch, still im Hintergrund, schwer wie eine Bleischürze lag Angst auf allen Schultern.

Was mach ich bloß, dachte Sepp. Ich bin es doch, der was machen müsste. Meine Hütte, meine Gäste, meine Katastrophe. In der Küche schepperte etwas. Sepp stand auf, und da erhoben sich auch die andern und folgten Sepp nach hinten, als hätte er eine Hausbesichtigung angesagt. Er zeigte auf den Staub auf den Tischen und auf das ganze Erdgeriesel in der Ecke, das Gret vorsichtig zusammengefegt hatte, und dann ließ er die anderen durch die Tür in den hinteren Raum treten und folgte. Hier war es beinahe dunkel. Sepp leuchtete mit einer Taschenlampe.

Auf einer aus Sitzkissen zurechtgemachten Liege bewegte sich jemand, ein Kind. Daneben auf dem Boden saß ein weiteres Kind. Seltsam, dachte Erwin, wie ruhig sich die beiden da im Halbdunkeln aufhielten. »Ihre Kinder?«, fragte er Gret, die lachte nur, griff sich Sepps Taschenlampe und reichte sie Erwin. Die Kinder waren nicht Kinder, sondern junge Frauen, Asiatinnen. Die auf der Liege stöhnte, das war wohl die Verletzte. Die andere hob den Arm und hielt ihn vors Gesicht, um den plötzlichen Lichtstrahl abzuwehren. »I am sorry«, sagte Erwin und schwenkte die Lampe zur anderen Seite. Zu erkennen war eine lange Theke aus dunklem Holz, und das dahinter war mal eine Küche gewesen, vom Spülbecken und Kühlschrank waren noch Teile sichtbar, der Rest lag unter Schutt und Balken begraben. »Oben ist die Schlafkammer«, sagte Sepp, »die ist privat.« Gret lachte wieder. »Mein Gott«, sagte Lara. »Meiner auch«, sagte Sepp, und dann strauchelten alle irgendwie zur Türöffnung und versperrten einander den Ausgang. Erwin leuchtete noch mal in die Ecke zu den Asiatinnen, sie trugen beide Pink, und ihre Haare glänzten seidig. Die eine, die auf dem Boden saß, schaute jetzt ins Licht. Er wusste ihr Gesicht nicht zu deuten. Seltsam, dachte Erwin. Das Haus ist draußen mit Berghau angeschrieben. Aber so richtig in den Berg gehauen war es wohl nicht.

Dieser Sepp, dachte Wolf, während er zwei Tische aneinanderschob, hat ein großes Maul, aber keine Ahnung, was zu tun ist. Lara stellte die Stühle zurecht. »Sind wir sieben?«, fragte sie. »Wer weiß, wer noch kommt«, sagte Sepp. »Vielleicht ein paar Japsen«, sagte Gret. »Sie meinen: Japanerinnen«, sagte Wolf und dachte: Blöde Kuh. »Hier duzt man sich«, sagte Gret, und Wolf dachte: Blöde Kuh, du. Kaum standen die Stühle am Tisch, setzten sich alle hin. »Einmal Bratwurst mit Pommes, bitte«, rief Arne. Niemand lachte.

Wolf zog sein schwarzes Heft aus dem Rucksack und

schlug es auf. *Dass ausgerechnet ein Priester den Urknall entdeckt hat*, stand da als letzter Eintrag. Das war im Hotel Bärenhof, vorgestern, Lara hatte ihm das Heft weggenommen und ihn aufs Bett gezogen. Jetzt saßen sie in Absurdistan, und er merkte, wie Lara sich bemühte, ihr Zittern zu verbergen. Vergeblich suchte er nach einem Schreibstift. Arne schubste ihm einen zu, der rollte über die Tischplatte und blieb in der Mitte liegen. »Was wird das?«, fragte Sepp. »Wir spielen Hund-Katze-Maus«, sagte Lara zitternd. Jetzt lachte die Rothaarige, die Amai. »Was wissen wir und was wissen wir nicht, das möchte ich gerne auflisten«, sagte Wolf, »bitte, Sepp.«

Ein Kratzen, ein Scharren war zu hören. Die sieben am Tisch erstarrten. Noch mal, dasselbe Geräusch. Stürzte wieder ein Stück des Dachs ein?

Arne zeigte zur Tür und blickte zu Sepp, der rührte sich nicht. Es war Gret, die schließlich aufstand, und wie sie die Tür aufmachte, schlüpfte etwas Helles herein, ein Hund. »Raus«, rief Sepp, »Gret, tu ihn raus!« Aber der Hund war bereits unter dem Tisch.

Niemand wusste, woher er kam. Sepp stieß ein paar Flüche aus in Richtung Gret, und Gret wischte sie von sich weg wie Mücken. Wolf merkte, wie sich der Hund an sein Bein lehnte. Er griff unter den Tisch und kraulte ein Stück Fell, es war erstaunlich weich. Er nahm den Stift zur Hand, worauf Sepp mit einem langen Zischen ausatmete und zu diktieren anfing. »Was wir wissen: Funkloch, Handy tot. Kanonenrohr zugeschüttet. Mätteliboden abgerutscht. Schnüralp auch. Kein Weg mehr nach unten. Nur noch nach oben, über die Nauenspitze hinüber ins Amstal. Aber das schafft keiner ohne Seil und Steigeisen. Noch so ein Gerumpel, und die ganze Hütte ist futsch.« Wolf legte den Stift hin, so sorgsam, als wolle er keine weitere Erschütterung verursachen. »Wer weiß, dass wir hier sind?«, fragte Lara leise. Sepp hob die Schultern. Sie seien montags sonst nie da, sagte Gret, wirtefrei. Niemand käme auf die Idee, sie hier zu suchen. Und die Seilbahn laufe ohne Bedienung, da würde nur die Anzahl Fahrten registriert. »Warum wir trotzdem hier sind?«, fragte Gret. »Weil Sepp heute Geburtstag hat. Weil er das so wollte. Und weil er ein Dickkopf ist.« »Viel Glück«, sagte Amai. Worauf Sepp die Faust auf den Tisch schlug. Worauf der Hund aufjaulte. Worauf Gret lachte.

Sie lacht zu viel, diese Gret, dachte Lara. Das passt irgendwie nicht. Irgendwie passt alles nicht, Gret und Sepp und Hütte, seine Hand auf ihrer Schulter, ihre Sonnenbrille im Blondhaar. Und ihr Busen ist zu groß unter den schmalen Schultern. Wie wenn sich Kinder Ballons unters T-Shirt schieben. Sepp und Gret zusammen in der Schlafkammer da oben, was da wohl lief. Egal. Die Kammer war jetzt ohnehin weg. Gerade als Lara ihr Zittern wieder kommen spürte, nahm Wolf ihre Hand und führte sie unter den Tisch und legte sie auf den Hundekopf, auf die warme Schädeldecke. Der Hund rührte sich nicht: Ich-tu-als-wär-ich-nicht-da-also-jagt-mich-nicht-raus. Laras Zittern verschwand. Arne faltete seine Wanderkarte auseinander und strich sie auf dem Tisch glatt. Lara mochte an Arne, dass er so altmodisch war oder tat. Er hatte einen alten Jagdrucksack und eine Blechdose mit Dörraprikosen dabei. »Eins zu zehntausend«, sagte Arne. »Gehst du heute wandern?«, fragte Erwin, und wie als Antwort war aus dem hinteren Raum ein Winseln zu hören, ein Weinen. Gret schob abrupt ihren Stuhl zurück. Der Hund zuckte. »Ich schau mal nach«, sagte Gret. »Du hast die Sonnenbrille noch auf«, sagte Sepp. »Und?«, rief Gret zurück. »Stört's dich?«

Arne zeichnete mit dem Zeigefinger den Weg nach, auf dem sie gekommen waren, also nicht mit dem Seilbähnchen, sondern zu Fuß aus dem Amstal, Abmarsch morgens um fünf. Zwei Steinböcke, ein Bartgeier. »Das war keiner«, sagte Wolf. Dann halt ein Adler. Dann der Donner, der Krach, »da waren wir hier auf dem Grat.« Arne hob den Zeigefinger von der Karte und kratzte mit dem linken Daumen Schmutz unterm Nagel weg. »Von da sind wir auf dem Hintern bergabgerutscht, zum Teil auf blankem Fels.« Er stand auf und drehte und bückte sich, um die zerrissene Hose zu zeigen. »Das wird bestimmt mal Mode«, sagte Sepp. »Und du bist der Erste, der's kauft«, sagte Arne. Sein Drang zu pinkeln war nach diesem Aufstehen kaum mehr auszuhalten, aber er mochte Sepp nicht nach einer Toilette fragen, die war bestimmt dort hinten und auch nicht mehr begehbar, und nach draußen wollte er nicht als Erster, inzwischen spürte er eine üble Angst, vielleicht auch darum dieser Drang. Er rutschte wieder auf den Stuhl, sah, wie Wolfs Hand erneut unter den Tisch glitt und wohl zwischen Laras Beine. Wie konnte er nur, jetzt, hier.

Sepp zog Arnes Karte näher zu sich heran. »Wenn sich das Gestein bei der Grüze gelöst hat«, sagte er und zeigte mit dem Kinn auf Erwin und Amai, »und gleichzeitig hier unter der Nauenspitze, dann reichen die beiden Stränge für einen Bergsturz aufs Dorf.« Er zog beide Hände V-förmig über die Karte und ließ sie übereinander liegen. Darunter war Hochtann begraben, das Dorf, die Kirche mit dem Spitzturm, der Coop mit der Katze im Fenster, das Restaurant Nauenblick. Heute Morgen, dachte Erwin, haben wir da Kaffee getrunken und gelacht, weil der alte Kellner hörbar furzte, und jetzt ist der womöglich erschlagen? »Und dann«, sagte Sepp, »denkt erst recht niemand an uns, dann fangen sie erst mal da unten an zu suchen.« Arne zog die Karte wieder zu sich und strich ein paarmal drüber, als wollte er Sepps Spuren entfernen. »Was machst du?«, rief Sepp, als Erwin aufstand und zur Tür ging. »Was wohl«, rief Erwin zurück.

Draußen auf der Terrasse roch es wunderbar nach Dung und trockenem Gras, er zielte mit seinem Strahl auf eine Lücke im Geländer und schloss die Augen, hörte die Dohlen und ein feines zwitschriges Geräusch, das musste eine Meise sein, eine Tannenmeise. War die von der Baumgrenze nach hier oben geflohen? Erwin blieb noch eine Weile stehen, es graute ihm vor dem Angstgeruch drinnen im Haus. An der Wand beim Tisch hing eingerahmt eine »Warnung«:

Wer die Berge liebt ist selber schuld.
Wer ins Funkloch fällt ist selber schuld.
Wer Sepps Wurst bestellt ist selber schuld.

Erwin fand es wenig lustig. Zudem fehlten die Kommas.

Als die Tür ging, drehte er sich nicht um. Eine Hand schob sich unter seinen Arm. »Ich habe Hunger«, sagte Amai.

Als Amai Brot und Käse aus dem Rucksack holte und Erwin das Taschenmesser hervorklaubte, verschwand Sepp im hinteren Raum und kam mit sechs kleinen Bierflaschen wieder. »Geht aufs Haus«, sagte er. »Bitte nicht noch was aufs Haus«, sagte Gret und hob schützend die Hand über den Kopf. Die kann ja lustig sein, dachte Amai verwundert. Sie versuchte, langsam zu essen und jeden Bissen auszukosten, sie mussten das Wenige sparen, was noch im Rucksack war. Sie sah, wie Arne eine Blechschachtel öffnete und etwas daraus rasch in den Mund schob, wahrscheinlich hätte er sie in einer fröhlichen Runde herumgereicht. Sepp diktierte Wolf, was in der Küche an Genießbarem noch verfügbar war. Sechs Getränkekisten, dreimal Bier, zweimal Cola, einmal Fanta. Zirka zehn Tafeln Schokolade, zirka zehn Beutel Traubenzucker, eine Kiste mit altem Brot für die Ziegen. »That's it.« Seine Ziegenwürste: begraben. Teigwaren, Reis, Mais, Gerste, zirka zwanzig Pakete: unbrauchbar, weil ungekocht. Der Kochherd: ohne Strom wie alles. Der Kühlschrank: verschüttet. Wolf zeichnete Girlanden in sein schwarzes Heft. »Brot an Ziegen zu verfüttern, ist eigentlich verboten«, sagte Arne. »Was weißt denn du von Ziegen«, fragte Sepp mit einer Verachtung, die der kurze Satz wie eine lange Schleppe hinter sich herzog. Amai sah, wie Erwin sein letztes Stück Käse in den Mund steckte. »Danke für das Bier«, sagte Wolf.

Der Hund hatte sich unter dem Tisch hingelegt. Lara zog die Schuhe aus und stellte ihre Füße auf den Hund, er war warm. Wie lange überlebte man ohne Nahrung? Vielleicht drei Wochen? Sie würde niemandem zeigen, was sie noch im Rucksack hatte. Sie nahm die Tüte mit den Karamellen aus der Außentasche und legte sie auf den Tisch. »Bedient euch.« Alle außer Arne griffen zu. Er habe Zahnweh, sagte er, er nehme lieber eine Tablette oder grad zwei. »Spar sie«, sagte Wolf. Es irritierte Lara, dass Wolf schon wieder in sein schwarzes Heft schrieb. Zwar hatte sie es ihm geschenkt, aber diese Schreiberei wirkte irgendwie affektiert, jetzt, wo alle so verstört um den Tisch saßen. »Sepp«, sagte sie, »ich müsste mal dringend.« Sepp hob die Schultern. »Auch das Klo ist im Eimer«, sagte er. »Und wo ist der Eimer?«, fragte Lara. »Gibt es einen?« Sepp erhob sich, man hörte ihn im Hinterraum rumoren, dann kam er wieder mit einem hohen Kochtopf und deponierte ihn draußen auf der Terrasse. »Braucht man einen Code?«, fragte Lara und wartete, dass jemand was Witziges sagte. Alle schwiegen. Lara hob die Füße vom Hund und ging in Socken hinaus. Es war deutlich kühler als am Mittag, der Himmel überzog sich mit grauem Vlies. Sie hockte sich über den Kochtopf und gab sich Mühe, nicht allzu laut zu plätschern. Am Seitengeländer der Terrasse beugte sie sich vor und versuchte, um die Ecke des Hauses zu sehen, aber die Holzstreben wackelten bedenklich. Vorsichtig tat sie ein paar Schritte rückwärts. War ihr schwindlig oder schwankte die Terrasse? Der geschundene, kahlgefegte Hang lag im Schatten und wirkte unheimlich dunkel. Sie leerte den Topf neben den drei Treppenstufen über die Grasbüschel.

Als sie die Gaststube wieder betrat, war da Streit.

»Wir brauchen hier keine grünen Weltverbesserer«, rief Wolf. Gemeint war Erwin. Der stand auf und sagte »Brauchst gar keine Farben zu verteilen, jetzt ist eh alles grau. Grau wie Grauen.« Er sprach mit ruhiger Stimme, doch er wirkte, als würde er gern schreien. Auch Wolf stand auf. »Permafrost, Permafrost! Dieses Permafrost-geschwätz, diese Panikmache, ich kann's nicht mehr hören! Felsstürze hat es immer gegeben. Heini, grüner.« Sepp hieb mit der Faust auf den Tisch, und die beiden setzten sich wieder. Amai sagte: »Er heißt nicht Heini, er heißt Erwin.« Was für ein arroganter Blödmann, dachte sie. Aus dem Hinterraum tauchte Gret mit einer Japanerin auf. Sie führte sie am Ellbogen zum Tisch. Sepp stöhnte, Arne zog einen Stuhl heran. »Die andere ist eingeschlafen«, sagte Gret. »Ich hab sie ein bisschen betäubt.« Als die Japanerin am Tisch saß, sah sie so klein aus wie ein Schulkind. »Sie heißt Saki oder so«, sagte Gret. Saki nickte. »Beer?«, fragte Sepp und schob ihr eine Flasche zu. Sie schüttelte den Kopf. Dabei glitt ihr das Haar übers Gesicht wie dunkles Wasser. Wie schön sie ist, dachte Amai. Verglichen mit ihr sehen wir alle aus wie angezogene Kälber oder Ferkel. Arne begann Saki auszufragen. Woher, warum, wie lange, wohin. Er sprach ein schönes britisches Englisch. Sakis Sätze hörten sich an wie die einer Puppe, die spricht, wenn man sie aufzieht. Nach einigem Konversieren rutschte man am Tisch zurück ins Deutsche. Saki saß still da, ihr Lächeln erlosch, und sie begann auf ihrem kleinen Handy herumzudrücken, bis Arne ihr endlich erklärte, das bringe nichts. Die reisen ja ziemlich unbekümmert, die beiden Japanerinnen, dachte Amai, ohne Gruppe, ohne Kontakte. Steigen in die Berge ohne richtige Ausrüstung, das ist schon eher dumm als unbekümmert. Schön schlimm dran sind die jetzt. Sepp schickte immer mal wieder einen kritischen Blick Richtung Saki, der dachte sich wohl was, dieser Bergkönig. Amai sah, dass er am Oberarm eine Tätowierung hatte. Etwas schlug gegen etwas, über ihren Köpfen, und gleich noch mal, im Dach oder so, der Hund bellte. »Jagt den Köter raus«, sagte Sepp. »Der Köter bleibt«, sagte Wolf.

Plötzlich wurde es dunkler im Haus, die Sonne war weg. Durch die schmutzigen Fenster war noch ein gleißender Bergkranz zu sehen, aber die Mulde vor Sepps Haus lag nun völlig im Schatten. Arne holte seine Uhr aus der Hemdtasche. Schon vier! »Wie geht es jetzt weiter?«, sagte er und blickte zu Sepp. »Müssen wir nicht irgendwann mal was beschließen?« »Beschließ doch was«, sagte Sepp, »viel Spaß. Aber eins ist klar. Absteigen geht nicht.« Arne faltete wieder seine Karte auseinander, da hörte man aus dem Hinterraum ein lautes Weinen und Rufen. Alle schauten zu Saki. »She wants her mama.« »Also, ich halte das hier nicht mehr lange aus«, sagte Lara, schob den Stuhl zurück, dass es quietschte, und ging zur Tür. Arne folgte ihr. Es war spürbar kühler draußen, Lara rieb sich die Schultern. Arne legte den Arm um sie. Das hatte er noch nie gemacht, den Arm um Wolfs Lara gelegt. Sie zitterte ein wenig. Es war ungut still, kein Wind, kein Vogel. Warum tauchte nicht einfach ein Helikopter auf? Wenn heute nicht noch irgendetwas geschah, wollte er gleich morgen früh ausbrechen, aufbrechen, egal, was der allgewaltige Sepp dazu meinte. Irgendeinen Fluchtweg musste es doch geben. Vielleicht kam Wolf mit und mit ihm auch Lara. »Warte«, sagte er, ging zurück in die Gaststube und kam mit seinem Rucksack wieder. Lara sah ihn erschrocken an. Er wolle doch nicht etwa jetzt noch loslaufen, hinaus in diese Todeszone. Arne lachte, holte den Flachmann aus der Tiefe seines Rucksacks.

»Trink!«, sagte er. »Wird schon werden.«

Jetzt, um fünf, hätte Gret die Schampusflasche geholt, um auf Sepp anzustoßen. Seppenkerl, hätte sie gesagt, dir wünsch ich Glück, und mir wünsch ich dich. Das und mehr hatte sie sich ausgedacht, als sie in der Seilbahnkiste hochfuhren. Sie hatte die Flasche heimlich zur Kühlung in die alte Blechwanne gelegt. Jetzt lag alles unter Schutt, die Flasche, die Wanne und die vorbereiteten Sätze. Die waren ja wohl nicht mehr brauchbar hier am Tisch, zwischen den fremden Leuten. Die staubige Luft in der Stube war geladen mit Angst und Aggression. Jederzeit konnte erneut Streit ausbrechen. Wenigstens war die Japanerin da hinten wieder eingeschlafen. Sepp hatte den Kopf gegen die Wand gelehnt und die Augen geschlossen. Das war ungewöhnlich. Er befürchtete wohl Schlimmes für heute Nacht. Dieser Wolf war ein Schnellredner, der lange Erwin ein Besserwisser, und Arne sah aus, als könnte er handgreiflich werden. Die beiden Frauen waren so weit in Ordnung, zumindest nicht hysterisch bis jetzt. Das große Problem waren die beiden Japanerinnen, zwei Wesen, die man nicht anzufassen wusste. Und dann das verletzte Bein, das war bestimmt ein komplizierter Bruch und tat höllisch weh. Sie hatte so jämmerlich nach ihrer Mutter gerufen, die kleine Frau. Gret war ein bisschen neidisch, wenn jemand nach der Mutter rief. Sie konnte das nicht. Zwar hatte sie eine Mutter, aber die saß im Heim in Brüttnau auf dem Bettrand und starrte vor sich hin. Sie würde nicht aufhorchen, wenn man sie riefe. Gret hatte sich früh abgewöhnt, nach der Mutter zu rufen.

Was schimpfte der lange Erwin da vor sich hin? War das Holländisch? Er sah richtig wütend aus. Was für ein Irrenhaus.

Wenn sie die Tische zusammenschoben und die Stühle auf die Tische stellten, sollte es reichen für sieben Schlafplätze am Boden. Saki und die andere ließ man am besten weiterhin im Hinterraum. Einen Eimer brauchten sie noch, vielleicht die Plastikschachtel vom Traubenzucker, war die dicht? Acht Sitzkissen hatten die beiden da hinten, alle von den Terrassenstühlen, sieben weitere Kissen waren auf dem Stapel in der Ecke, gerade genug für das Nachtlager in der Stube. Zudecken konnten sie sich mit ihren Jacken, die Wanderer hatten bestimmt eine dabei. Nur sie und Sepp, sie hatten nichts. Ihre Kleider waren oben, begraben. Aber da waren noch die drei Tischdecken, sie würde sie gleich an sich nehmen, wenn das Tischeverschieben losging. Auf irgendetwas im eigenen Haus hatten sie ja wohl noch Anrecht. Die dritte Decke konnte sie den Japanerinnen überlassen. Die mit dem schlimmen Bein hatte wahrscheinlich Fieber. Gret sah, dass Saki etwas zwischen den Fingern hin und her drückte, vielleicht hatte sie so eine Meditationsknete, würde irgendwie passen zu Japan. Sepp fingerte immer an seinem goldenen Kreuzchen, wenn er sich konzentrieren wollte. Aber jetzt tat er gar nichts, hatte immer noch die Augen zu. Der lange Erwin war endlich still.

Wolf beschloss, ein Gebet zu schreiben. Jetzt, wo sich Lara ans Fenster gesetzt hatte und ihm nicht mehr ins Heft sah, ging das. Gebete fielen ihm nur schreibend ein. *Herr, gib, dass ich diese Menschen nicht hasse.* Er mochte das *Herr*, auch wenn es nicht mehr in die heutige LGBT-Zeit passte, es gemahnte an Herrlichkeit. Gott hatte ja eh kein Geschlecht, Gott war ein Klumpen Allmöglichkeit. *Herr, gib, dass ich diese Menschen nicht hasse. Gib mir Verständnis für ihre Beschränktheit, für alles, was an ihnen nicht schön ist, du hast sie ja gemacht, Herr, alle diese Hirne und Bäuche und Schweißdrüsen, verzeih mir meinen Ekel und meine Ekelhaftigkeit und hilf uns, auszubrechen aus diesem Gefängnis.* Wäre er Priester geworden, hätte er gerne gepredigt, mit seinen Worten eine Kirche gefüllt. Aber er war es nicht geworden, war rechtzeitig ausgestiegen, und nicht mal Lara wusste von seinen drei Monaten im Priesterseminar. Dass er sein Gutwerdenwollen beendet hatte, war vielleicht ein Grund, dass es ihm bei anderen gewaltig auf die Nerven gab. Die ganzen korrekten, grünen, roten, schwulen Deppen. *Herr, gib, dass.*

Es blieb ruhig am Tisch, bis Arne seine Blechschachtel mit dem Dörrobst auf den Tisch knallte. Da stand Sepp der Große auf, ging nach hinten und kam wieder mit einer Kiste voll Brot. Es sei alt, aber schimmlig sei es nicht, sagte er. Wolf lachte in sich hinein. *Herr, lass uns das Brot brechen.*

Die Japanerin griff als Erste zu. Sie aß das Brot, ohne das leiseste Geräusch zu machen. Ihr rosa Mündchen sah aus wie eine kleine Weichkoralle. Erwin schob das Brotstück ganz in den Mund, zog es angeweicht wieder heraus und begann daran herumzuknabbern. Der ist einfach ekelhaft, dachte Wolf. Auch Lara nahm ein Stück aus der Kiste, schnupperte daran, und Wolf befürchtete schon, sie lege es zurück wie die Alte im Märchen »Zwerg Nase«, aber sie deponierte es hinter sich auf dem Fenstersims. Amai, die Arme auf dem Tisch aufgestützt, hielt sich die Ohren zu, oder es sah zumindest so aus. Vielleicht mochte sie das Knirschen und Schmatzen aus Sepps offenem Mund nicht hören. »Schade, dass wir keine Gläser haben«, sagte Gret, die eben von draußen kam, »wir könnten das Brot sonst eintunken.« »Etwa im Bier?«, fragte Arne, und Wolf sah ihm an, dass ihm davor graute. »Im Regenwasser«, sagte Lara, »das kommt heute Nacht, hab eben ein paar Tropfen gespürt.« »Also, wenn es jetzt dann noch seicht«, sagte Sepp, »dann gute Nacht, dann rutscht's.« Beim Rutschts flogen ihm Brotspritzer aus dem Mund, einer fiel auf Wolfs schwarzes Heft. Es wurde so still am Tisch, dass Saki aufhorchte. »What did he say?«

Dann hörte man auf der Terrasse Getrampel. Jemand klopfte Dreck von den Schuhen. Der Hund unterm Tisch bellte. Wolf legte ihm die Hand auf den Kopf.

Niemand stand auf, als es klopfte. Als es nochmal klopfte. Als die Tür langsam aufgeschoben wurde.

Der Neue blieb stehen und sagte nichts. Die acht am Tisch starrten ihn an. Von seinem Gesicht war wenig zu sehen, weil er die Kapuze weit über die Stirn gezogen hatte. Noch einer, dachte Gret, jetzt wird es eng. Schaff den Köter raus, hatte Sepp gerufen, als der Hund kam. Jetzt sagte er nichts, er schüttelte nur den Kopf, aber Gret wusste, dass er den Mann am liebsten packen würde, packen mit den großen Sepphänden, um ihn aus seinem Haus hinauszuschleudern. Sepps Belastbarkeit war nahezu aufgebraucht und kein Nachfüllbeutel war in Sicht. Als der Neue die Kapuze abstreifte und sein junges Gesicht zum Vorschein kam, erschrak Gret. Der war ja noch ein halbes Kind in einer kurzen Hose. Auch die anderen schienen betroffen, gaben kleine Laute des Staunens von sich. »Bist du allein?«, fragte Erwin, und Sepp sagte: »Schließ die Tür.« Damit war der Neue aufgenommen. Es war ein wirrer Haufen, der da vom Zufall angeweht worden war. Unter normalen Umständen, dachte Gret, hätten sich diese Typen nie zu einer Gruppe zusammengefunden. »Setz dich«, sagte Amai und rückte auf der Bank ein Stück zur Seite, »ich bin die Amai«. Gret ärgerte sich, dass nicht sie als Erste so was gesagt hatte, sondern Amai, die so tat, als wär sie hier die Hauptperson. Er heiße Juri, sagte der Junge. Schmal sah er aus, eine halbe Portion. Gret stand auf, um ein Bier für ihn zu holen, sie nahm mal an, dass er alt genug war für ein Bier.

Wie gierig er trank, der Juri. Und wie hell sein Haar war, fast wie Daunen. Sicher waren sie auch so weich. Er erzählte, dass er mit zwei Freunden unterwegs gewesen sei, wie sich der Hang gelöst habe und die Freunde abgerutscht seien. Sie seien vor seinen Augen verschwunden. »Wo?«, fragte Sepp. Da, wo auf dem Kamm so drei Zacken aufragten wie eine Flamme. »Die Schwarzfluh«, sagte Sepp. »Dann wart ihr das wohl, die den beiden da gewinkt habt.« Sepp zeigte auf Erwin und Amai. Amai sagte: »Ach je.« Etwas Besseres fällt ihr nicht ein, dachte Gret. Aber betroffen dreinschauen, das kann sie. Sepp bat Arne um die Karte und wollte wissen, wie es Juri von der Schwarzfluh hierhergeschafft habe, »wo doch der verdammte Weg nicht mehr vorhanden war.« Sepps mächtiger Zeigefinger und Juris schmale Hand streiften über die Karte. Sepp griff sich Wolfs Stift. »Halt«, sagte Arne, »nicht mit Kugelschreiber, nicht auf meine Karte.« Noch nie sei jemand dort über die Krete geklettert, sagte Sepp zu Juri, »ich glaub es nicht. Eigentlich bist du tot.« »Willkommen im Jenseits«, sagte Amai und lachte als Einzige.

Juri zog sein Handy aus der Jackentasche. »Schönes Teil«, sagte Amai, »was macht man damit?« Das war eine Bemerkung zu viel. Juri brach in Tränen aus.

Erwin hielt Amai zurück, »lass ihn.« Er selber mochte es nicht, beim Weinen umarmt zu werden. Und das ging diesem Juri wohl ebenso. Erwin konnte sich mühelos in ihn hineinversetzen, wie in einen jüngeren Bruder, den er nie hatte. »Lass ihn ausweinen.« Juri hatte die Arme auf den Tisch und den Kopf in die Arme gelegt, das dämpfte sein Schluchzen, aber wie heftig es war, sah man an seinem Rücken, das war, als ob ein Sturm dran rüttelte. Von den anderen kamen keine Kommentare. Aus dem Hinterraum war wieder dieses Winseln zu hören, Saki und Lara erhoben sich und gingen wortlos nachsehen. Wieder und wieder brach es aus Juri heraus, das verschluckte Entsetzen, die aufgestaute Angst. Erwin wusste noch, wie groß damals sein Weinen gewesen war, nachdem die Ambulanz Mutter geholt und die Polizei Vater abgeführt hatte. Da war er vierzehn gewesen und so allein wie noch nie. »Der weiß, warum er heult«, sagte Sepp, und Erwin war ihm dankbar dafür. War doch nicht bloß große Schnauze, dieser Sepp. Kannte sich aus in Bergen – und in Menschen wohl auch. Warum wühlte Amai jetzt im Rucksack? Wollte sie dem Jungen etwa Schokolade anbieten? Es gab nicht viel, was ihm bei Amai auf die Nerven ging. Ihr Nurgutgemeinthaben, das war so etwas. Einen Fehler machen und den dann mit »nurgutgemeint« abtun.

Sepp trat auf die Terrasse. Die Flanke von der Nauenspitze bis weit hinab sah jetzt schwarz aus, eine glatte Rutschbahn. Der Mond lag wie ein gefaltetes Omelett zwischen den Regenwolken. Die Idee, demnächst bei Vollmond ein Ziegentrekking anzubieten, konnte er vergessen. Diese Hänge würden nicht wieder werden, was sie waren. Kühle Schauerchen kamen auf, Sepp schwitzte trotzdem. Er schwitzte, wenn er Angst hatte, das war immer so gewesen. Ich, Sepp, Pächter des Hauses hinter mir und was davon übrig ist, bin verantwortlich für das, was in den nächsten Stunden oder Tagen vor sich geht. Ich Sepp, Mann mit Schiss in der Hose, muss mich kümmern um einen Haufen Hergelaufener, die alles besser wissen, bis sie selber die Hose voll haben. Ich, Sepp, der Stärkste von ihnen, möchte gerne abhauen, noch bevor es dunkel wird, und mich verkriechen, bevor sich noch der Grübentoggel aufs Dach hockt. Ich, Sepp, weiß, dass es einen Grübentoggel wohl nicht gibt, und ich weiß, dass das ganze Unglück an mir hängt. Der Erwin da drinnen hat recht mit seinem Permafrost. Man hat's ja längst gewusst, der Geologenfritze aus Bern hat es vorausgesagt. Und auch Gret hat immer wieder geunkt. Trotzdem wollte sie ihm hier einen schönen Geburtstag machen. Wenn sie jetzt nach draußen käme, würde er sie küssen unter dem Omelett. In zwei Stunden würde es dunkel sein, sehr dunkel.

»Sepp, kommst du mal?« Das war Gret, wütend.

Außer Wolf hob niemand seinen Hintern, als Gret vorschlug, Platz freizumachen für die Nacht. Sie war sauer. »Also, ich erklär es noch mal«, sagte sie. »Die Japanerinnen werden hinten schlafen. Wir anderen werden nicht die ganze Nacht hier sitzen können. Wenn wir Tische und Stühle da in der Ecke aufeinanderstellen, gibt das am Boden Platz für acht Personen. Wir haben sieben Kissen anzubieten, das Zudecken ist eure Sache.« »Führst du jetzt Regie?«, fragte Sepp, der von draußen reinkam. »Weißt du was Besseres?«, gab Gret zurück. Sepp schüttelte den Kopf, und Gret sah verwundert, dass nun, mit Sepps Präsenz, die anderen endlich aufstanden. »Ich schlafe auf der Terrasse«, sagte Arne. Es regne gleich, sagte Sepp, und deswegen solle er jetzt gefälligst mit anpacken. Als das Tischeverschieben losging, verschwand der Hund im Hinterraum und Juri nahm sich den Besen und begann zu fegen. »Du staubst«, sagte Arne. »Und du nervst«, sagte Gret. Es tat gut zu sehen, dass man machte, was sie vorgeschlagen hatte. Genugtuung, sogar das passende Wort kam ihr ins Hirn gestelzt. Ich bin nicht blöd, dachte sie. Und Sepp weiß das auch. Sie holte die sieben Kissen und begann sie am Boden zu verteilen. Erwin war der Erste, der seinen Rucksack auf ein Kissen stellte, Amai stellt ihren auf das Kissen daneben, und als alle Kissen mit irgendwas belegt waren, sagte Juri: »Egal.« Er war der Kissenlose.

»Was ist denn das?«, fragte Amai angewidert und pickte etwas aus dem zusammengewischten Häufchen Dreck, ein rosa Ding. Wie die nur tut, dachte Gret. »Das ist ein Nasenschutz«, sagte Sepp, den stülpe man über beim Sonnenbad oder im Hochgebirge. Er nahm das Ding aus Amais Hand und setzte es ihr auf die Nase. »Igitt«, sagte Amai. Sepp lachte, Erwin auch. Man kann immerhin noch lachen, vielleicht wird die Nacht doch nicht so furchtbar, dachte Gret. Kaum gedacht, donnerte etwas aufs Dach. Alle erstarrten. Der Hund heulte auf. »Ich seh nach«, sagte Sepp, »schön wär eine Taschenlampe, aber die ist tot.« Wolf bot sich an mitzugehen.

Als die beiden draußen waren, fing Lara an zu weinen. Bitte keinen hysterischen Anfall, dachte Gret. Aber Lara hörte gleich auf. Wolf und Sepp kamen umgehend wieder herein, schüttelten Regentropfen von den Schultern. Nichts Neues zu sehen. Es ist wie unter Wasser, dachte Gret, alle hielten den Atem an. Sepp holte die Kiste mit dem Brot und reichte sie herum, stellte eine Colaflasche neben jedes Kissen, dann legte er sich hin. Gret wollte sich niederbeugen und ihn umarmen, aber hielt sich zurück. Jetzt war es so dunkel, dass aus Menschen und Dingen Umrisse wurden. Neun Uhr. Wenn's doch schon neun Uhr morgens wäre, dachte Gret. Sie verteilte die drei Tischtücher, an Sepp und sich und die fiebernde Japanerin. Dann legte sie sich auch hin und spürte ein Lachen kommen wegen Amai und dem rosa Plastikding auf ihrer Nase.

Ge.Nug.Tu.Ung.

Wolf mochte sich nicht hinlegen. Er schob sein Kissen zur Wand, setzte sich aufrecht hin und klopfte leicht aufs Knie. Der Hund sah oder hörte es sofort und kam auf ihn zu. Die Krallen klickten auf dem Holzboden. »Sitz«, flüsterte Wolf und merkte, wie sich der Hund dicht bei ihm niederließ. Irgendwie musste er heißen. Er war hell, er war weich, bestimmt hieß er weder Nero noch Rambo. Vielleicht war es ein Weibchen. Vielleicht waren ihre Leute tot. Auf jeden Fall war sie so allein wie niemand sonst hier drinnen. Sola wäre ein Name. »Sola«, flüsterte Wolf. Er hatte noch eine halbe Wurst im Rucksack, die wollte er Sola morgen geben, wenn niemand zusah. Morgen. Wenn es das gab. Wenn sie nicht samt Mann und Maus und Haus und Hund in die Tiefe rutschten. Was der lange Erwin mit seinem Permafrostgefasel von sich gab, hatte zwar nichts zu sagen, aber die kahlgeschrammten Hänge links und rechts und das lockere Geröll unterhalb der Nauenspitze und der Regen, der jetzt strömte, das war nicht gut. Und gar nicht gut war, dass im Tal niemand dachte, hier oben könnte jemand eingeschlossen sein.

Zehn Menschen und ein Hund. Elf Nasen.

Ab und zu fielen Steine aufs Dach, nicht erschreckend, es war nur grad so laut, wie wenn jemand an die Tür klopfte. Wolf war todmüde von der Wanderung, aber bloß von den Schultern abwärts, der Kopf war hellwach, aufgekratzt, das Hirn sprungbereit, die Ohren so scharf gespitzt, dass er sie spürte.

Seltsam, dass auf der Wanderung immer Arne zuvorderst gewesen war. Kaum waren sie losgelaufen, hatte er nach vorn gedrängt. Dann folgte Lara. Dabei war Arne gar nicht gierig nach Bergen und Kletterei, er bevorzugte lange gerade Strecken, ging sechs Stunden am Stück, machte penibel auf sechzig Minuten fünf Minuten Pause. Sein ganzes Leben richtete Arne akkurat ordentlich ein. Alle Stifte in seiner Schreibtischschublade zeigten mit der Spitze in dieselbe Richtung. Nie ging er später als elf Uhr nach Hause, er verschwand einfach, während die anderen noch diskutierten oder feierten. Sämtliche Quittungen legte er in eine Schachtel, auch die von zwölf Euro für Socken oder achtzehn Euro fürs Kinobillett. Verglichen mit Arne war er, Wolf, ein totaler Chaot und ein Verschwender. Andere wunderten sich, warum die beiden Freunde waren. Für Wolf war es klar: Wenn sie zusammen waren, zeigte ihm Arne seine lustige Seite. Wolf lachte nie so tief runter bis ins Gedärm wie mit Arne. Es war ein Lachen, das fast schon wehtat. Und es war nach zehn Jahren gemeinsamer Zeit immer noch das gleiche. Wolf sah, dass sich Arne mit seiner Regenhaut zugedeckt hatte, ob seine Augen zu oder offen waren, konnte er nicht erkennen, es wurde immer schwärzer hier drin. Zwischen ihm und Arne lag ein Kissen bereit für Lara. Die steckte noch hinten bei den Japanerinnen und gab denen wohl etwas von ihrer Ruhe ab. Gottlob waren seine Beine und Arme noch ganz. Es war mörderisch gewesen, dieses Runterrutschen auf dem nackten Fels. Von den scharfen Steinkanten hatte er Schnitte in der Flanke und einen aufgeschürften Rücken. Vermutlich hatte er inzwischen einen Hintern wie ein Pavian.

Jetzt prasselte der Regen an die Scheiben, es musste ein Wind aufgekommen sein. Die drei Fenster hingen wie schwach beleuchtete Quadrate im dunklen Raum, Geisterkunst. Sepp und Gret redeten miteinander, sehr leise, Wolf verstand nichts, einmal lachte Gret. Andernorts hätte er jetzt sein Handy hervorgeholt und ein paar Wetterstationen angeschaut und die Prognosen verglichen, er hätte alles gelesen über den Leipziger Uni-Skandal und über Boris Johnson, der ihn beeindruckte, er hätte herumgegoogelt, um herauszufinden, was Boris gerne las und ob er seinen Hund aufs Bett ließ. Von sämtlichen Handys in diesem Raum waren die Batterien wohl demnächst leer. Das hieß dann: Sie waren endgültig begraben. Seine Mutter hatte früher immer Geschichten erzählt von lebendig Begrabenen. Von der Frau, die darauf bestanden hatte, dass man ihr eine Klingel in den Sarg legte, und diese dann tatsächlich gebrauchte. Vom Toten, der zu schreien anfing, als ihm ein Grabräuber den beringten Finger abschnitt. Von der aufgebahrten Ermordeten, die erwachte und im weißen Leichengewand durch die nächtliche Stadt nach Hause ging. Wolf fror.

Jemand kam mit seltsamen Schritten auf ihn zu, es war Lara, die über die liegenden Gestalten stieg, sie bückte sich und nahm seinen Kopf in beide Hände wie einen Ball. Als sie sich küssten, stand Sola auf. So wie ihr Schwanz gegen die Wand schlug, schien sie zu wedeln.

Es sah aus, als küssten sich die beiden dort an der Wand, zumindest drehten sie die Köpfe entsprechend, das war im Dunkeln auszumachen. Juri hatte vergessen, wie sie hießen. Seine linke Schulter tat mittlerweile derart weh, dass er kaum wagte, sich hinzulegen. Er war so oft gestürzt auf der Suche nach einem Weg, er wusste nicht, von welchem Sturz die schmerzende Schulter rührte. Seine Augen brannten, weil er versuchte, im dunklen Raum möglichst viel wahrzunehmen, das war anstrengend, aber er musste vermeiden, die Augen zu schließen. Waren sie zu, kamen sofort die Bilder des Horrors. Mats, der in die Tiefe rutschte und während des Rutschens zu ihm hochsah. Annie, die im Steinhagel aufschrie, sich ein paar Mal überrollte und über die Steilwand stürzte. Der bleiche Strunk, an dem er sich festhielt, der sich langsam von dem bisschen Erdreich löste. Die Lautlosigkeit, als er allein in der kleinen Mulde saß, Sonnenwärme im Nacken und innen eisige Angst. Er starrte in die stille Gaststube, auf das Schattenmonster in der Ecke, das war der Turm aus Tischen und Stühlen. Er starrte auf die Liegenden, ausgestreckt wie Leichen oder gekrümmt wie im Schmerz. Manche hatten sich mit irgendwas zugedeckt. Vereinzelte Farben waren noch bestimmbar, etwa von einem Rucksack, der bei Tag orange sein musste, oder von einer Schirmmütze an einem Haken, die war wohl pink. Juri nahm einen Schluck von seiner Cola und stellte sich vor, er schlucke damit zwei Tabletten runter. Vielleicht half das. Die Tabletten wären in Mats' Rucksack gewesen, er hatte sie immer dabei, weil die Migräne ihn oft ganz hinterhältig überfiel, aber das konnte sie nun nicht mehr, dafür war Mats zu tot. »Pass auf dich auf«, hatte Mats' Mutter gesagt, als sie losfuhren. »Das sagt sie, seit ich zum ersten Mal allein vor die Tür gegangen bin«, lachte Mats. Wann ging man zum ersten Mal allein vor die Tür, mit drei, mit vier? Juri merkte erschrocken, dass er weinte. Er hielt sich den Mund zu. Zu Hause saßen sie jetzt wohl vor dem Fernseher und schauten sich das Montagabendquiz an, Pa schimpfend über blöde Fragen und Ma mit dem iPhone in der Hand, auf eine Nachricht wartend. Sie glaubten, er sei mit Mats und Annie irgendwo am Urnersee. Dass wegen des Sturms der Surfcontest abgeblasen wurde, dass Mats also mit seiner Drohne nichts zu filmen hatte, dass sie kurzentschlossen über den Grimselpass weitergefahren waren, davon wussten sie nichts. Wussten nichts, wussten nichts. Während die Tränen liefen, hörten die Augen auf zu brennen. Juri machte sie zu. Vielleicht wurde Mats' Drohnen-Rucksack mal gefunden, darin die Kamera, noch intakt, dann konnte Mats' Mutter erfahren, was er zuletzt gesehen hatte: Das Firmament. Den Himmel. Die makellose Bläue. Die Kuppel der Unendlichkeit. Und darunter Menschenland, ein Flickenfleckenteppich, grau und braun und grün und ausgefranst.

Mats, wo bist du. Pass auf dich auf. Annie, wo bist du. Pass auf dich auf.

Juri, wo bist du. Weiß es nicht. In einer Art Gasthaus. Es heißt Amleben. Und stinkt nach Leuten. Juri legte sich hin, schob den Rucksack unter den Kopf, rollte sich zusammen, Schmerzschulter oben. Die Gestalt neben ihm flüsterte ins Dunkle hinauf. Gopfertami. Das war der Große, der hier das Sagen hatte.

Die Japanerin fieberte, gab im Schlaf Laute von sich, kleine hohe Laute wie ein Kätzchen. Lara hatte eine Weile neben ihr gesessen, hatte Papiertaschentücher mit Cola befeuchtet und ihr diese auf die Stirn gelegt. Es schien ihr wohlzutun. Sie heiße Mio, hatte Saki gesagt. Wahrscheinlich hatte sie eine nasse Hose, hatte einfach laufen lassen, wohin hätte sie sich auch schleppen sollen. Nun roch sie ein bisschen nach feuchter Windel, Lara konnte sich an den Geruch erinnern, obwohl es lange her war, dass sie ihren kleinen Bruder gewickelt hatte, ihren Juliti. Jetzt lebte Juliti in Kanada und hatte einen umfangreichen Briefkopf – Julius Arbenz, Consultant for Transnational Business Startups. Lara nahm vorsichtig Mios Hand und sagte »Mio«. Das Kätzchen gab wieder ein paar Laute von sich. Die Hand war heiß. Durch das kleine Fenster sprühte ab und zu ein Schub Regen. Man könnte Mios Füße mit regennassen Tüchern kühlen, dachte Lara, aber es gab keine Tücher. Sie hörte Sakis Atemzüge, sie schlief, gegen Mios Lager gelehnt. Lara stand auf und tastete sich nach vorn in die Gaststube. Stockdunkel war es nicht, Umrisse von Möbeln und Menschen waren erkennbar, Wolf noch aufrecht, gegen die Wand gelehnt. Er konnte nicht ausweichen, als sie ihn küsste.

Hier im Dunkeln war Wolf einfach Wolf. War nicht der, den sie nicht verstand. Nicht steter Behaupter des Gegenteils, nicht bockiger Debattierer und Beharrer. War einfach ihr Wolf, der im Kopf eine stramme Ordnung hatte. Als sie die Hand unter sein T-Shirt schob, merkte sie, wie zerkratzt er war. »Tut das weh?«, flüsterte sie. Er nickte. »Man muss es desinfizieren«, sagte sie, nun so laut, dass der liegende Arne den Kopf hob. »Und womit?«, fragte Wolf. Jemand sagte: »Ich will schlafen.« »Dann schlaf doch«, gab Wolf zurück. Lara legte sich hin, streckte den Arm nach ihm aus, da ließ er sich von der Wand rutschen und schob sich dicht an ihre Seite.

Warum war Arne eigentlich mitgekommen auf diese Wanderung? Zwei Tage vorher hatte Wolf einfach gesagt: Arne kommt auch. Ihr war es recht gewesen, sie mochte Arne, obwohl oder weil er so völlig anders war als Wolf. Sie mochte, was er sagte, und sie mochte, wie er aussah. Sie mochte seine Umarmung, wenn er kam und wenn er ging. Mit Wolf hatte sie kürzlich zu definieren versucht, was Freundschaft war, was Liebe war. Freundschaft sei ein auf gegenseitiger Zuneigung beruhendes Verhältnis, hatte Wolf gesagt. Und Liebe? Ein starkes Gefühl tiefer Verbundenheit und körperlichen Begehrens, hatte sie vorgeschlagen. Worauf Wolf meinte, am besten definiere man das über die Antonyme, Freundschaft und Feindschaft. Liebe und Hass.

Das Gegenteil von Hass, war es das, was sie für Wolf empfand?

Ihr Kissen roch nach geräucherter Wurst. Plötzlich hatte sie Lust zu lachen. Wenn die im Büro sie so sähen. Wandern, durchatmen und in altmodischen kleinen Hotels übernachten, so hatte sie ihren Ferienplan geschildert. Einfaches Frühstück mit frischer Butter und Milchkaffee, hohe Betten mit Federdecke, keinen Fernseher, nur Gesichter entdecken in der Arvenholzwand. So was in der Art. Im Hotel letzte Nacht gab es eingeschweißte Frotteepantoffeln, elektronisch gesteuerte Vorhänge sowie einen Schrank mit Innenbeleuchtung und Safe. Auf den Betten waren insgesamt acht Seidenkissen gestapelt. Und auf dem Tisch stand eine Schale mit extra kleinen Bananen. »Alpenobst«, sagte Wolf und aß eine nach der anderen, während er ins schwarze Heft schrieb. Erst bombardierte sie ihn mit den Kissen, dann zog sie ihn ins Bett.

Der Flachmann war leer. Arne konnte nur noch dran riechen. Jim Beam, Bourbon, 21,50 im Coop, sein Whiskey. Er hatte ein bisschen geholfen, die Spannung im Nacken war weg, die Bilder vom Abstieg waren verblasst. Vor seinen Augen erschien nun die Wanderung vom Vortag, der schlendrige Gang über die Weiden, das Tümpelhüpfen im Hochmoor, immer im Bewusstsein, dass Lara hinter ihm ging. Wenn er ein Viehgatter öffnete und für sie offen hielt, dankte sie und sah ihn an. Beim Springen über den Bach akzeptierte sie seine Hand, und sie lachte, als er vor dem kleinen Stall die Brennnesseln für sie niedertrampelte. Sie saßen zu dritt an die warme Stallwand gelehnt, Schulter an Schulter, Lara in der Mitte. Da nahmen sie alle einen Schluck aus seinem Flachmann, und der torfige Geschmack passte wunderbar zum Alpgeruch aus Kuhfladen und Ampfer. Wie lange saßen sie da? Eine Viertelstunde? Es war eine Viertelstunde, die er nun um den Hals trug wie ein Amulett. Morgen früh, falls der Regen nachließ, wollte er sich allein und heimlich davonmachen und einen Abstieg suchen. Auch wenn der große Sepp behauptete, es gebe keinen. Hilfe holen, um Lara hier herauszubringen – noch nie hatte er sich etwas so dringend gewünscht. Er drehte ihr den Kopf zu, lauschte, aber hörte ihre Atemzüge nicht, der Regen und ein Schnarchen waren zu laut. Er schob sich das Kissen unter den Hintern, der tat weh vom langen Abrutschen auf den Felsen, dann verschränkte er die Hände unterm Kopf und lag da, als nähme er ein Sonnenbad. Wenn der Schnarcher kurz innehielt, rauschte der Regen trotzdem weiter. Seltsam war, dass er Wolf immer noch mochte. Obwohl Wolf Laras Freund war und mit ihr ins Bett ging und sie überall anfasste und vor seinen Augen küsste. Er hätte ihn heute ohne weiteres mal schnell von hinten in die Tiefe schubsen können.

Wolf und er, er und Wolf. So lang schon und immer noch Freunde.

Sie halfen einander. Zehn Jahre lang hatten sie einander geholfen. Im Internat, an der Uni, in der WG. Beim nächtlichen Abhauen, beim Schummeln in Prüfungen, beim Büffeln für den Master, beim Putzen des vergammelten Kühlschranks.

Dann wurde Arne ein Linker und Wolf ein Rechter.

Dann kam die Lara-Zeit.

Und er mochte ihn weiterhin, diesen elenden Wolf.

Was war das für ein Geräusch? Ach so, der Hund. Der war wach und suchte nach etwas, schnupperte an Arnes bloßem Fuß. Arne setzte sich auf, klaubte die Socken aus der Jackentasche und streifte sie über. Es war inzwischen kühl hier drinnen. »Hund«, flüsterte Arne. »Komm.« Er kam tatsächlich, blieb eine Weile an seiner Seite stehen, bevor er sich schwer fallen ließ. Nun lag er zwischen Arne und Lara, und von Lara war ein leises Lachen zu hören.

Der Hunger wurde zu groß. Juri setzte sich auf. Er musste diese Kiste finden mit dem alten Brot. Es war noch Brot drin, das wusste er, er hatte die Kiste selber auf den Boden gestellt, als sie die Stühle und Tische aufeinandergestapelt hatten. Vielleicht stand sie jetzt hinten in der kaputten Küche. Oder da drüben unter dem Möbelstapel, dort wollte er als Erstes suchen. Wann hatte er zum letzten Mal etwas gegessen? In einem anderen Leben. Vorsichtig stieg er über drei liegende Gestalten, die vierte hielt sein Bein fest, ließ aber gleich wieder los, war nur ein Scherz gewesen. Trotzdem war er zu Tode erschrocken. Er tastete den Boden um den Stapel ab und da war sie, die Kiste, jedoch eingeklemmt. Als er daran zog, stürzten vom Stapel zwei Stühle mit Gepolter zu Boden. Man schrie auf. Jemand fluchte. »Entschuldigung«, sagte Juri. »Das war nur ich.« »Wer ist ich?«, rief der Große, der Sepp. Er habe das Brot gesucht, sagte Juri. Hastig nahm er zwei Handvoll aus der Kiste und stolperte zurück an seinen Platz, trat dabei auf eine Hand oder etwas Ähnliches. Er schob Brot in den Mund und ließ es da, wagte nicht zu kauen, das würde zu laut knirschen. Nun erhob sich im Hinterraum ein helles langgezogenes Klagen. »Ach Gott«, sagte jemand, das war die Blonde, die Frau vom Sepp. Sie hatte ihn von allen am nettesten empfangen, als er hier hereingekommen war. Als ihn alle anstarrten wie einen verlausten Bettler. Sie hatte ihm ein Bier gebracht. Müsste er Likes verteilen, bekäme sie ein Herz. Und Erwin, der Lange, vielleicht ein Daumen-hoch. Die anderen mochte er weniger. Er wusste nicht recht, warum. Wie funktionierte das Mögen und Nichtmögen? Beim Nichtmögen war ein Stück Plexiglas zwischen den Gesichtern, sodass ein Lächeln leicht verzogen wirkte. So ein Quatsch, würde Mats dazu sagen.

Jetzt aufstehen und auf den Boden stampfen und »Ruhe!« schreien, dachte Erwin. Aber das ging nicht, weil Amai schlief, so sah es zumindest aus, das Möbelgepolter hatte sie nicht geweckt. Vielleicht hatte sie eine Schlaftablette genommen wie schon letzte Nacht. Erwin wusste nicht, wie er diese Stunden im Dunklen durchstehen sollte. Es war ein Gefängnis, ausbrechen ging nicht. Allein mit der schlafenden Amai, das wäre noch irgendwie auszuhalten, aber die Gruppenhaft mit diesen Typen, die konnte er fast nicht ertragen. Ich darf nicht durchdrehen, dachte er, darf nicht, darf nicht. Zeit vergeht immer, auch hier drin. Doch er fürchtete sich vor dem Morgen, wenn es noch immer regnete, wenn es noch immer kein Zeichen dafür gab, dass man sie suchte.

Demnächst würde es Streit geben.

Mit Sepp, der tat, als wisse er alles besser, und dabei völlig ratlos war.

Mit Wolf, der sagte, dieser ganze Felssturz sei einfach ein verdammter Zufall und die Klimaerwärmung bloßes Gerede.

Mit Arne, der keine anderen Sorgen hatte, als dass man seine Karte und sein Dörrobst in Ruhe ließ.

Mit Gret, die von Japsen sprach und viel zu laut lachte.

Mit Lara, die so wirkte, als könnte sie im Handumdrehen unausstehlich werden.

Und dann dieser Junge, Juri, wenn der was Dummes anstellte …

Und die beiden Japanerinnen, wie hießen sie schon wieder?

Seine sonnenverbrannten Ohren waren zu heiß und seine Zehen zu kalt. Bitte, Schlaf, kannst du mich nicht endlich überfallen? Vorsichtig rutschte er an Amai heran, sodass sie Rücken an Rücken lagen, das tat wohl. In fünf Wochen fing die Schule an, neue Stelle, neues Schulhaus, er wusste gar nicht, ob er das noch wollte. Der donnernde

Fels hatte etwas in ihm erschlagen. Dass er jemandem beibringen sollte, was ein Jambus war oder warum Fontane und Storm korrespondiert hatten, erschien ihm völlig lachhaft. Genau so konnte er jemandem beibringen, wie viele grüne und wie viele blaue Zahnbürsten es auf der Welt gab. Sie sei stolz, hatte seine Mutter gesagt, dass er jetzt an der gleichen Schule unterrichten werde wie einstmals Vater. Er war ein Schläger gewesen, der kultivierte Mann, aber das hatte sie verdrängt, seit er tot war. Nun war sie durch und durch Frau Dünkel, und Erwin wusste wohl, dass sie sich eine andere für ihren Sohn wünschte als Amai. Sie ist nett, sagte sie manchmal, das hieß, kannst du nicht was Edleres finden. Erwin war froh, dass er auf Schwedisch fluchen konnte. Während des Auslandssemesters in Uppsala hatte er sich einen umfassenden Vorrat an Grobheiten angelegt. Die verstand hier niemand. Wenn er damit loslegte, schüttelte Mutter bewundernd den Kopf, mein Sohn spricht Schwedisch! Sie mag mich nicht, hatte Amai gesagt, ist es dir egal, dass es mir egal ist?

Als im Hinterraum wieder das Klagen losgegangen war, hatte Gret sich aufgemacht, um nachzusehen, die Tischdecke um die Schultern wie ein Indianerhäuptling. Hier hinten war es noch ein paar Grad dunkler. Gret tastete sich zu den beiden Frauen. Die mit dem Bein hatte sich aufgesetzt, und die andere stützte sie. »Mio toilet«, sagte Saki, »please.« Wie sollte das bitte gehen. »Please«, sagte Mio, seit Stunden das erste Wort. Gret war versucht, Sepp zu rufen, aber nein, er war kaum der Richtige, der verheulten, verschwitzten, verängstigten Japse zu helfen. Sie strich Mio kurz übers Haar, und dann kroch sie Richtung Küchenschränke, um einen Kochtopf zu suchen. Mit beiden Händen schob sie Schutt beiseite und fand im zerbrochenen Regal einen Topf, wenn auch nur einen kleinen. Es war der, in dem sie heute für Sepp die Milch für einen Cappuccino aufgeschäumt hatte. »Undress«, sagte sie, und Mio stöhnte.

Sie half Mio hoch und hielt sie aufrecht, während Saki Mios Hose Zentimeter um Zentimeter nach unten zog, bis hinab zur Wunde. Dann hielt Gret mit einer Hand Mios Mund zu, und Saki schälte das verletzte Bein ganz aus der Hose.

Sepp schlief, Gret spürte sein Schnaufen, das Ein, das Aus, als sie sich wieder neben ihn legte. Sie steckte ihr Gesicht ins Tischtuch und versuchte, den Gestank von Mios Durchfall aus der Nase zu kriegen. Der kleine Topf stand nun auf dem Fenstersims. Wenn es hineinregnete, würde er in Kürze überlaufen.

Sich in der Misere etwas Schönes herbeidenken, manchmal half das. Sepps Geburtstag hier oben, das wäre so etwas gewesen und funktionierte jetzt nicht mehr. Dann halt ein Brief aus der Geschäftszentrale: Wir freuen uns, Ihnen mitzuteilen, dass Sie als Filialleiterin vorgeschlagen sind. Oder Applaus im TV-Schlager-Quiz: Frau Gret Odermatt im Finale! Oder ein Anruf aus dem Heim: Ihre Mutter ist soeben friedlich eingeschlafen. Ja, das. Das ließ sich gut herbeidenken:

Mein Beileid, sagt die Heimleiterin. Wir werden Ihre Mutter vermissen. Sie können bis heute Abend vorbeikommen, um sie noch einmal zu sehen. Das wird Gret nicht tun. Sie hat sie genug gesehen. Alles, was sie noch sehen möchte, ist das Versenken der Urne in die Erde. Und was für Gesichter die Leute machen, weil die alte Odermatt so viele prachtvolle Kränze bekommen hat. Das halbe Dorf wird am Grab stehen, weil in der Anzeige ein Imbiss im Lindenhof versprochen wird. In der Anzeige werden mindestens zehn Verwandte aufgelistet, die es gar nicht gibt. Dr. John Odermatt, Ohio. Prof. Hanna Cruz-Odermatt, Barcelona … Im Lindenhof wird sie nicht erscheinen, sondern bereits mit Sepp unterwegs nach Venedig sein. Was die Anzeige, die Kränze, der Lindenhof kosten werden, ist egal. Sie hat im Schlager-Quiz-Finale fünfunddreißigtausend Euro gewonnen.

Gret atmete tief durch und suchte sich im Tischtuch eine frische Mulde fürs Gesicht.

Amai hatte wohl gemerkt, wie Erwin sich prüfend über sie beugte. Sie gab vor zu schlafen, seit Stunden, so ließ man sie in Ruhe. Ab und zu hob sie ganz leicht die Ellbogen oder verschob die Fersen – Stellen, die auf dem harten Boden anfingen zu schmerzen. In der Yoga-Ruhelage erwartete sie den Schlummer, Handflächen nach oben, hatte wieder und wieder alles entspannt, was sich entspannen ließ, Kiefer, Waden, Augenlider. Savasana. Nichts half, nicht mal vom Schatten eines Schlafs wurde sie gestreift. Sie registrierte jedes Geräusch, jeden Geruch, Erwins doppelten Bierfurz. Sie stellte sich vor, das Dach würde noch ganz über ihnen einstürzen und

Sepp würde sie durch die fallenden Trümmer ins Freie tragen, würde mit seiner großen Hand ihren Kopf an seinen Hals betten. Schön war das Rauschen des Regens, obwohl sie wusste, dass so viel Regen in ihrer Situation gefährlich war. Manchmal setzte das Rauschen aus und gleich wieder ein: Eine große Frau im Rüschenrock, die mal kurz stehen blieb und weiterging. Eine große Frau im Rüschenrock im Rüschenrock im Rüschenrock hin und her und hin und her vor den dunklen Fenstern. Und dann mischte sich ins Rauschen ein Knistern, nichts Lautes, nur etwas Fremdes. Amai setzte sich auf. Der Hund knurrte. Jemand stand auf, breit, groß, das musste Sepp sein. Er stolperte zur Tür. »Was?«, schrie eine Frauenstimme. »Was ist?« Sepp riss die Tür auf. Nun wurde aus dem Knistern ein Knirschen, ein Rumpeln, ein Knallen, da brach etwas mit einem gewaltigen Krach und Gepolter. Das Haus zitterte. Rutschten sie in die Tiefe? Nein. Das Zittern hörte auf, das Poltern wurde leiser. Erwin hielt Amai fest. Der Hund bellte weiter. »Was ist?«, schrie dieselbe Stimme. »Die Terrasse ist weg«, sagte Sepp. Das Feuerzeug!, dachte Amai. Wo ist es bloß? Gestern Abend haben wir den Joint geraucht auf der Bank im Dorffriedhof. Müsste doch in einer Jackentasche sein, ja, da war's, umwickelt mit ihrem Stirnband.

Im Licht der kleinen Flamme drängten alle zur Tür. Sepp scheuchte sie zurück. »Weg da! Subito. Bleibt, wo ihr seid.« »Ich muss hier raus«, rief der Junge, Juri. »Es gibt kein Raus mehr«, sagte Sepp. »Da fällst du glatt ins Loch, gopfertami. Die Terrasse ist weg.« Amai ließ den Daumen los, das Feuerzeug verlöschte. Jetzt, im Dunkeln, fing jemand an zu weinen. Erwin übernahm das Feuerzeug und knipste es wieder an. Alle standen, alle mit dem Gesicht zum Licht. Gret war das Weinen noch anzusehen. Sogar Saki stand da, hatte eine pinke Kapuze auf. Amai sah, dass sie zitterte. »Gibt es denn hier nicht eine einzige Kerze?«, fragte Wolf. »Und was machen wir jetzt?«, fragte Erwin. »Warten«, sagte Sepp. »Was sonst.« Wieder im Dunkeln, nahm Amai Erwin das Feuerzeug aus der Hand. Es war ihr Feuerzeug. Sie würde ihr Licht selber verwalten.

Als Sakis Kinderstimme »Water?« sagte, wurden alle still. Dann sagte einer verwundert: »Die ist ja auch noch da.« »Klar ist die noch da«, erwiderte ein anderer, »oder meinst du, nur weil sie aus Japan ist, könne sie fliegen?« »Water?«, sagte Saki wieder. »Yes, very much water, excessive precipitation«, das war Arne mit seinem Britenenglisch, einer mehr, dachte Sepp, der sich wichtigmacht. »Violent rainfall.« »Hör doch auf«, rief Sepp, »die will einfach Wasser, die Kleine. Saufen will sie. Was heißt saufen auf Englisch?« Sepp tastete sich zu Amai und strich ihr kurz über die Schulter. »Feuerzeug. Bitte.« Sie klaubte es aus der Tasche, verpasste aber seine ausgestreckte Hand, und es fiel zu Boden. Sepp bückte sich, auch Amai. Sepp fand es schneller. Noch gebückt sagte er: »Danke. Komm, wir holen eine Kiste Cola.«

Er schob Amai langsam vor sich her Richtung Küche. Das Flämmchen zitterte, Schatten tanzten. Amais Rücken fühlte sich warm an. Sepp richtete das Licht kurz auf die verletzte Japanerin. Sie schlief. Wie konnte sie den Höllenkrach überhört haben. Vielleicht war sie ohnmächtig. Oder tot. Er ließ das Licht ausgehen und steckte das Feuerzeug in Amais Hosentasche. Die rote Amai. Er nahm sie bei den Schultern und drehte sie zu sich um. Sie standen, sonst nichts. Und mit einem plötzlichen Ruck waren sie aneinander. Wie die magnetischen Hündchen, die er als Kind mal gehabt hatte. Hielten sich umschlungen. Was war denn das?

Juri mochte sich nicht mehr hinlegen. Seit die Terrasse ins Tal gedonnert war, hielt er es nur noch im Sitzen aus. Er wollte jederzeit aufspringen und fliehen können, raus ins Dunkle, bergaufwärts, einfach weg. Im Sitzen konnte er zudem mit der rechten Hand den linken Arm leicht hochschieben, so tat die Schulter weniger weh. Auch andere hatten sich nach dem Abbruch der Terrasse hingesetzt statt hingelegt, saßen mit dem Rücken zur Wand wie in einem Wartezimmer. Immer noch war es dunkel, die Gestalten, die Juri erahnte, hätten auch Säcke voller Holz sein können. Es war zum ersten Mal völlig still.

Niemand schnarchte.

Niemand sprach.

Niemand weinte.

Der Regen hatte aufgehört. Auch der Hund, den Kopf auf Juris Bein, rührte sich nicht. Morgen wäre er mit Mats und Annie auf dem Heimweg gewesen, und übermorgen war die Zwischenprüfung für die Azubis im dritten Lehrjahr. Die machte ihm keine Angst, er war bislang immer der Beste gewesen. *Was ist der Unterschied zwischen realem und nominalem Wachstum?*

Warum wird man eher indirekt als direkt verbuchen? Er hatte alles im Kopf. Alles lag ordentlich gefaltet unter Mats' Blick und Annies Schrei. Es musste einfach darunter hervorgezogen werden. Er konnte es zur Prüfung schaffen, wenn man sie morgen irgendwie hier rausholte. Nicht morgen, heute: Bestimmt war Mitternacht schon lange vorbei. Die Mitte der längsten Nacht der Nächte.

Jemand neben Juri seufzte, es war jemand Kleinerer als er, Knie an die Brust gezogen, mehr war nicht zu erkennen, wohl eine Frau. Sepps Frau war's nicht, die konnte sich kaum so zusammenlegen. Die Japanerinnen waren im hinteren Raum. Also musste es die sein, die zu den beiden Männern gehörte, oder die mit den roten Haaren. Er seufzte auch, aber sie seufzte nicht zurück. Wieder war es still. Er tastete nach seiner Cola und trank, versuchte, beim Schlucken kein Geräusch zu machen. Wenn der Albtraum hier vorbei war, würde er nie wieder Cola trinken, nie wieder das ekelhafte, süße Zeug. Er versuchte, sich nicht auszumalen, worauf er sich freute, Mutters Umarmung, die heiße Dusche, sein Bett, weil er sich nicht freuen durfte, nicht freuen wollte, nicht freuen konnte. Sich freuen ging nicht mehr, ohne Mats und Annie. »Was ist?«, flüsterte die Frau neben ihm, als er kurz stöhnte. »Schulter tut weh«, flüsterte er zurück. Er hörte einen Reißverschluss und danach ein Knistern, und dann spürte er die Hand der Frau, die seine Hände suchte und ihm etwas in die Handschale legte, eine Tablette. »Danke«, sagte er, lauter, als beabsichtigt. Er schluckte das kleine, kreidige Ding, was immer es war, Hauptsache, es war etwas.

Er musste eingenickt sein. Wo war eigentlich der Hund, Sola? Wolf tastete den Boden rund um sich ab. Er spürte Laras Hose, die war seidenweich, ein teures Teil, jetzt an der Seite zerrissen. Dann zog er den Anorak über den Kopf und versuchte darunter die Uhrzeit abzulesen. Aber die Leuchtzeiger waren nicht hell genug. Drei Uhr, schätzte er. Der Regen war nicht mehr zu hören, zumindest war nicht mehr dieses Rauschen da und nicht mehr dieses Gefühl, als schwimme das Haus oder was vom Haus übrig war. Trotzdem, sich hier sicher wähnen, ging nicht mehr, spätestens seit dem Wegrutschen der Terrasse. Gut möglich, dass eine weitere Steinlawine das Haus noch ganz begrub, dass er tot war, noch bevor es wieder hell wurde. Eigentlich war es angebracht, jetzt sein Leben zu überdenken, seine Glücks- und seine Schuldmomente, seine Freundschaften und Vatermutterschwester. Seit er sie verlassen hatte, hatten sie nicht aufgehört, in seinen Gedanken weiterzuschaukeln wie eine Hängematte, von der man abgesprungen war. Wolf Lehmeier, Assistent am Rechtswissenschaftlichen Institut, schau mal zurück auf deine fünfundzwanzig Jahre. Nein, tat er nicht. Er stellte sich vor, wie die Kollegen seine Schublade ausräumten, wenn er nicht mehr zurückkam. Was sie da fanden, nicht finden sollten, seinen Antrag als Parteimitglied. Das Foto von Urs. Wie sie seine Mails durchsahen, und wie jemand den gelöschten Verlauf wieder ans Licht holte. Er spürte den harten Boden und seinen wunden Hintern und seine Schrammen und die zu langen Fingernägel und dachte, schade, dass ich keine Nagelfeile dabeihabe, und wie kann ich so was denken, wenn vielleicht gerade über mir ein Stück Berg daran ist, sich zu lösen. »Lara«, flüsterte er. Sie reagierte nicht. »Lara«, sagte er halblaut. Sie reagierte nicht. »Lara«, rief er. »Ruhe, Blödmann«, rief jemand zurück, und Lara legte ihm die Hand auf den Mund. Sie war kalt. Jemand stand auf, Sola, Hundefrau, und legte sich nieder.

Vatermutterschwester. Warum hatte er sie verlassen? Weil es nicht ging, nur den Vater zu verlassen. Weil zu Vater Mutterschwester gehörten wie der Schatten zum Ding. Zumindest hatte er das geglaubt. Inzwischen waren alle auseinander, zerzupft und verstreut. Seine Schuld. War es richtig, eine Weltanschauung wichtiger zu werten als eine Familie? Hätte er mit dem missionierenden Möchtegernanarchisten nicht weiterhin gemütlich Mutters Eintopf essen können? Müsst ihr solche Dickschädel sein?, hatte sie gesagt.

Zwei Jahre hatte Sepp jetzt den Berghau. Eigentlich wollte er *Berghaus Sepp* über die Tür malen, aber dann stießen zwei Ziegen die Farbdose um. Dann halt *Berghau*. Als der alte Franz ihn fragte, ob er die Hütte pachten wolle, hatte er zugeschlagen. Hatte sich gedacht, man müsse doch davon profitieren, dass es die Gondelbahn noch gab, obwohl das dazugehörige Bauerngut abgebrannt war. Schlau war er sich vorgekommen. Franz wollte nicht viel für die Pacht. Der Berghau lief schon im ersten Jahr leidlich, im Dorfladen wurde er empfohlen, ein kleiner Geheimtipp für Wanderer. Gret, die in einem Lebensmittelmarkt arbeitete, half Sepp beim Einkauf. Er hatte die Idee, aus Ziegenfleisch vom Grumsbauern

Würste zu machen, das ging zuerst schief, worauf er einen Winter lang in der Kantonsschlachterei arbeitete. Und jetzt das, der Berghau war kaputt, und das ganze Wandergebiet würde man wohl sperren. Sein Vater hatte ihn gewarnt. Sepp, vergiss den Blödsinn, die Nauenflanke rutscht seit Langem, hast ja gehört, was die Klimafritzen im Gemeindehaus verzapft haben. Sepp streckte sich aus und legte die Hände aufs Gesicht. Noch zwei Stunden, dann würde es langsam hell werden. Noch immer spürte er den Körper der roten Amai, wie sie sich an ihn drückte. Was zum Teufel. Was wollte, was sollte, was musste er. Die gestrandeten Leute da, die erwarteten von ihm, dass er handelte, und zwar richtig. Aber er war nun mal kein Hüttenwart. Zum Hüttenwartkurs hatte er sich schon gar nicht angemeldet, zu teuer und überhaupt eine Kiste zu groß für den bescheidenen Berghau. Wenn es Hochtann erwischt hatte, dann standen jetzt vielleicht noch die unteren Häuser rund ums Schulferienheim, aber das Dorfzentrum war begraben, so wie es die Klimafritzen geschildert hatten, und sein Haus war futsch, aber immerhin war er nicht tot, und er würde definitiv bei Gret einziehen, unten in der Ebene. Hochtann war ihm egal. Zwar war er da aufgewachsen, aber sein Vater und er waren immer minderes Volk gewesen, und dass der Friedhof mit Vater und Mutter und Ruedeli jetzt womöglich verschüttet war, das ließ ihn kalt.

Wo lag eigentlich die Amai?

Wolf sah dem Morgen mit Schrecken entgegen, wenn man wieder reden musste, wenn der lange Erwin wieder seinen Stuss von sich gab, und er, Wolf, der Einzige war, der ihm etwas zu entgegnen hatte. Diese Gutmenschen machten ihn wahnsinnig. Dieses selbstgefällige Geschwafel. Wenn der Erwin wieder damit anfängt, wird er ihm sagen: Lass dich doch heiligsprechen in deiner Klimakirche. Ihr wollt Verzicht üben und die neuen Mönche sein, wollt nicht mehr Auto fahren, fliegen, heizen, Fleisch essen. Ihr wollt ein neues Letztes Gericht mit eurem Apokalypsewahn. Ihr wollt neue Engel wie die Kleine da aus Schweden, und ihr wollt neue Teufel, na bitte, na bitte, na bitte, denkt, was ihr wollt. Aber ich falle nicht drauf rein, auf eure neue Religion, ich glaube an Tatsachen, und die Geschichte vom menschengemachten Klimawandel ist nichts als ein riesengroßer Betrug. Lara suchte seine Hand. »Was ist?«, fragte sie. »Nichts, warum?« »Du flüsterst vor dich hin.« Er rollte sich auf die Seite und hielt sich die Faust vor den Mund. Ihr Gutmenschen wollt bloß ablenken von echten Problemen, wollt nur verhindern, dass man von der Massenmigration spricht, von der Erosion des Rechtsstaats, von den horrenden Geburtenraten in Afrika. Also faselt ihr von der Erderwärmung, als wär es was Neues, die letzte war im Mittelalter, ist noch gar nicht so lange her, da gab es Weinbau bis an die Ostseeküste, Prost, Erwin. Und Erdrutsche gab es durch die ganze europäische Geschichte noch und noch. Deine Vorfahren hatten einfach Glück und nichts an den Kopf gekriegt, darum bist du heute da, heiliger Erwin. Lara suchte wieder seine Hand. »Ich glaube, es wird hell«, flüsterte sie. »Schlafen«, sagte er. Es kam nur noch als Gemurmel heraus.

Wären sie für immer von der Welt abgeschnitten und aufeinander angewiesen, zehn Menschen unter einem kaputten Dach, dann würden sie vielleicht zu Kannibalen, dachte Arne. Auf jeden Fall gäbe es bald eine Hierarchie, und es gäbe Quälende und Gequälte, Gehorsam und Ungehorsam. Freiheit wäre nur noch ein Begriff aus alten Zeiten. Man hätte nicht mal mehr die Freiheit, sich von einem Felsen zu stürzen, denn die anderen würden dafür sorgen, dass Fleisch nicht einfach verschwindet. Wenn schon von der Welt abgeschnitten, dann bitte allein, dachte Arne, so wie sein lieber Thoreau, der in die Wälder ging, weil er »wohlüberlegt leben und den wesentlichsten Dingen des Lebens gegenüberstehen« wollte, damit er nicht in der Todesstunde merkte, dass er »gar nicht gelebt hatte«. Wolf konnte mit Thoreau nichts anfangen. Du und deine Anarchisten, sagte Wolf, ihr könnt die Welt auch nicht retten. Wozu bist du eigentlich Jurist geworden? Ja, wozu, dachte Arne und bat um Schlaf.

Hatte er von Vilma geträumt, konnte das sein? Oder wer war die Frau, die vor ihm zum Bahnhof gelaufen war? Blonde Haare, ein Zopf, tanzend zwischen den Schultern, auffällig lange Beine? Sie rannte fast, stellte dabei die Ellbogen raus, wie sie es immer gemacht hatte, Vilmi, warst du das? Vilmi, große Schwester, tote Schwester. Arne war verwirrt. Konnte es sein, dass er von ihr geträumt hatte, plötzlich, nach so vielen Jahren? Er rieb sich die Augen und meinte zu sehen, dass die drei Fenster verändert waren, nicht mehr den dunklen Glanz hatten, sondern einen blasseren matteren Schein.

Es wurde hell draußen! Im Fenster rechts sammelte sich am unteren Rand ein bisschen Lila. Er wollte warten, bis das Lila ein Drittel der Scheibe füllte. Und dann nichts wie weg, solange die anderen noch ruhig waren. Leise zur linken Seite rollen und aufstehen, Rucksack beidseitig umhängen, die mit den Schnürsenkeln zusammengebundenen Schuhe um den Hals legen, Jacke unter den linken Arm klemmen, die durfte dabei nicht rascheln. Die rechte Hand musste frei sein für die Türklinke, die ging ohne großen Druck und lautlos auf, das hatte er geprüft. Ein Problem war der Hund. Möglich, dass er erwachte und knurrte oder kläffte. Dann einfach schnellstens raus. Er beschloss, es zuerst quer zur Nauenspitze auf allen vieren Richtung Ostflanke zu versuchen, und sich dann nach einem Abstieg umzusehen. Irgendwo musste es doch einen Weg bergab geben. Oder er würde sich einen machen.

Auf Wolfs gemurmelten Befehl »Schlafen« war Lara tatsächlich nochmals in einen Schlummer gerutscht. Als sie erwachte und zur Decke sah, bemerkte sie eine schwebende Kugel, es war wohl so eine Japanlampe aus Papier. Gestern war sie ihr nicht aufgefallen. Aber jetzt sah sie sie, und weil sie sie sehen konnte, wusste sie, dass wirklich der Morgen kam, endlich. Der Morgen, der Tag, die Rettung. Wird schon werden, hatte Arne draußen auf der Terrasse gesagt, hatte den Arm um sie gelegt. Ob er wusste, wie sehr sie ihn mochte? Wie gern sie im gefolgt war auf der Wanderung über die Alpweiden und durch die krautigen Hänge, immer den Blick auf seinen schmalen wendigen Rücken und seinen wilden dunklen Haarschopf. Wie gern sie seine Hand genommen hatte, wenn er ihr über einen Zaun half oder sie auf der anderen Seite des Bachs auffing. Wird schon werden, vielleicht hieß das, dass zwischen ihnen etwas wurde. Etwas, von dem Wolf nichts wissen durfte. Sie drehte den Kopf zu Arnes Seite, aber da war er nicht, nur sein Kissen lag da, ein gestreiftes Quadrat im Dämmerlicht. Arne? Lara setzte sich auf. Warum war sein Rucksack nicht da, warum nicht seine Schuhe, die hatte er doch ausgezogen und ordentlich hingestellt. Wolf machte sich immer lustig über Arnes Ordentlichkeit. Wetten, dass er sich jeden Tag ärgert, weil die Zahnbürste schräg im Glas steht?, hatte Wolf gesagt.

Lara packte Wolfs Arm mit beiden Händen und rüttelte ihn wach. »Arne ist weg!« »Was meinst du mit ›weg‹«? »Weg. Fort. Abgehauen.« »Das kann er doch gar nicht.« »Arne kann's.«

Wolf stand auf und stieg über die Schlafenden. Der Hund rannte voraus und tänzelte vor der Tür und blieb abrupt stehen, als Wolf sie aufmachte. »Was tust du da?«, rief jemand, Sepp. »Hände weg von der Tür!« »Ich muss mal«, sagte Wolf. »Ich auch«, sagte Lara.

Der Bergkranz im Horizont war ein schwarzer Wall, die Spitzen am oberen Rand wie Glasscherben, und dahinter fing es gelb und violett an zu tagen. Das Haus lag noch in einer Höhle aus Nacht. Der Hund winselte, wusste nicht, wohin er laufen sollte. Da, wo gestern eine Terrasse war, gab es jetzt nichts als dunklen Abgrund. Arne, dachte Lara. Es wird schon werden, wird es das?

Sepps große Hand schob sie von hinten zur Seite und stieß den zweiten Türflügel auf. Jetzt standen sie zu dritt da und sagten nichts, nur der Hund winselte weiter. Plötzlich fand es Lara ganz seltsam, dass es das hier alles gab: den Lichtstreif, das Winseln, den Windstoß, Sepps Hand, das Zittern ihrer Augenlider, das Dunkle in der Tiefe, die Welt.

Sepp beugte sich nach vorne und streckte den Arm aus. »Der Topf ist noch da! Der Scheißtopf. Da, nimm!«

Erwin hatte einen Arm über Amais Brust gelegt, als wollte er sie festhalten, sich absichern, dass sie ihn nicht verließ. Dabei schlief sie. Hatte den Mund halboffen, machte ein kleines Geräusch. Er wunderte sich, dass sie bei dem Gerangel an der Tür nicht erwacht war, sie hatte eigentlich einen leichten Schlaf, eine flötende Amsel genügte, sie zu wecken. Sollte er hingehen und nachsehen, was an der Tür los war? Er mochte den Kopf nicht heben, schaute sich lieber Amais Profil an, das leichte Auf und Ab ihres Kinns. Der Morgen kam, schlich sich mit hellen Fingern zwischen die Dinge. Was vorher ein Umriss gewesen war, wurde jetzt eine Bank, ein Rucksack, ein Mensch. Morgengrauen, das war's – das Grauen vor dem Morgen, das Grauen vor diesen Leuten, vor dem Reden, dem Warten, dem Hoffen. »Das alte, liebe, böse Hoffen – die Seele lässt es einmal nicht.« Fontane. Wie fing es schon wieder an, das Gedicht? »Zerstoben sind die Wolkenmassen. Die Morgensonn ins Fenster scheint: Nun kann ich wieder mal nicht fassen, dass ich die Nacht hindurch geweint …« Fontane. In fünf Wochen fing die

Schule an. Würde sie anfangen. Jemand pinkelte in den Topf, dort bei der Tür, ein Strahl prallte auf Metall, das klang nach Mann. Noch immer mochte er den Kopf nicht heben, bleib draußen, Tag.

»Was schaust du mich die ganze Zeit an?«, fragte Amai. »Ich dachte, du schläfst«, sagte Erwin. »Ich dachte, meine Amai schläft.«

Ich stinke, dachte Gret. Nach ungewaschen, nach alt. Dabei hab ich mich doch frisch angezogen für Sepps Geburtstag, frischen Slip, neuen BH. Scheint lange her, und doch war es erst gestern. Geschwitzt hab ich nicht, nur Sepp schwitzt, er kann richtig tropfen. Hei, wie er getropft hatte an ihrem ersten Abend, als sie beim Dorffest draußen tanzten. Bei Blau-blau-blau blüht der Enzian war er aufgestanden und hatte sie auf die Tanzfläche gezogen. Gut hatte er ausgesehen, Sepp Amstadler aus Hochtann, gelernter Autolackierer und kräftiger Kerl. Gret hob den Kopf. Wo war er überhaupt? Hatte er vorhin nicht was gerufen? An der offenen Tür standen drei Gestalten, die größte musste Sepp sein. Gret wickelte das Tischtuch um sich und bettete den Kopf neu aufs Kissen. Dutzende von Hintern hatten sich auf diesem Kissen niedergelassen, als es noch draußen auf einem der roten Terrassenstühle lag. Bersteigerhintern, Spaziergängerhintern, straffe, schlaffe, spitze, fette. Und nun: Aus der Traum vom Gasthaus Berghau, von einem Anbau mit zwei Gästezimmern, von Sepps und Grets neuer Speisekarte mit Älplermagronen, Ziegenkässchnitten, Kräutersuppe. Gret hatte die Rezepte längst getestet. Aber damit war es vorbei. Der Berghau war total unterversichert. Sie würde weiterhin im Lebensmittelmarkt sitzen, an der Kasseasseasse … Und Sepp musste sich eine neue Arbeit suchen. Und bis sie genug Geld beisammen hatten, um den Berghau zu flicken, hatte Sepp eine andere.

Als sie die Augen wieder öffnete, fiel ein Lichtstrahl durchs rechte Fenster auf den Kleiderhaken mit der Mütze dran. Jemand riss das mittlere Fenster auf. Und sang.

»Here comes the sun!«

»Here comes the sun, and I say it's all right.« Juri sang. Juri sang seinen Lieblingssong. Juri hielt sein Gesicht ins Licht. Der Song brach aus ihm heraus. Kaum hatte er den Fenstergriff angefasst, war er hervorgeströmt. Die Beatles, seine Beatles. Er sang so laut wie zu Haus, oben in seiner Mansarde.

»Little darling, it's been a long cold lonely winter, little darling, it feels like years since it's been here.« Die Sonne ploppte aus dem Horizont, und Gold lief über die Krete wie Honig über den Löffel. »Here comes the sun, here comes the sun, and I say it's all right.« Juri merkte, dass zwei andere sich neben ihn stellten, als er schwieg, und mit ihm hinausblickten. Das alte Spektakel an einem neuen Tag. Gottes Stirnlampe. »Fünf Uhr einundvierzig«, sagte der Mann neben ihm, Wolf. Und die Frau, Lara, wischte sich etwas aus dem Gesicht.

»Little darling, the smile's returning to the faces, little darling, it feels like years since it's been here.« Als Juri sich umdrehte, sah er, dass alle beieinanderstanden und ihn anschauten, sogar die eine Japanerin war dabei. Und er merkte mit Verwunderung, dass er gar nicht verlegen war. Er schämte sich nicht. Er, Juri, war noch da, und die Welt war noch da, die Sonne, das Licht, das Leben, und die grässliche Nacht war vorbei, it's been a long bad lonely night, und die Schulter schmerzte, was hieß, dass er nicht tot war.

»Das war gut«, sagte der große Sepp.

»Und jetzt?«, fragte Erwin. »Jetzt stellen wir die Tische wieder auf. Schlafen kann eh niemand mehr«, sagte Gret. »Wo ist eigentlich der andere, der Lockenkopf?« »Der Idiot hat sich davongemacht«, sagte Wolf, und Lara legte die Hände vors Gesicht und weinte. Laut. Juri hätte gerne die Arme um Lara gelegt und mitgeweint, aber er traute sich nicht, er kam sich wieder genau so klein und verloren vor wie vorhin in der Nacht und wie davor auf dem Berg, und er sah wieder Mats' Blick und hörte Annies Schrei. Er suchte die Kiste mit dem Brot und fasste hinein. Sie war noch halbvoll.

Sepp schob einen Tisch vor die Terrassentür, sodass da niemand unbemerkt ins Freie und Leere trat. Erwin stellte einen Stuhl vors offene Fenster und kletterte hinaus. Amai tat es ihm nach. Auf dieser Seite des Hauses war eine kleine abfallende Wiese mit kurzem stoppligem Gras, jetzt nass vom Regen der Nacht. An der Hauswand stand und hing allerlei altes Gerät, möglich, dass es nicht mehr in Gebrauch, sondern als rustikale Verschönerung gedacht war. Auch ein steinerner Brunnentrog war da, leer bis auf einen modrigen Belag. The sun!

Amai streckte die Arme aus. Schon zwei Handbreit über dem Horizont leuchtete die Sonne aprikosenrot, umgeben von reinem Rosa. Erwin zog sein Handy aus der Tasche, wohl um ein Foto zu machen, und Amai wusste, dass er es gleich wieder einstecken würde, Akku leer, fertig mit Bildermachen. Das letzte hatte er in der klapprigen Seilbahn gemacht, Amai, lach! Sie lehnte sich an die Hauswand und schloss die Augen. Die Sonne wärmte noch nicht. Sie dachte an Sepps Umarmung in der Nacht, hinten in der kaputten Küche, als das zitternde Flämmchen ausgegangen war. Sie hatten sich aneinandergedrückt. Für einen Kuss war Sepps Gesicht zu weit oben. Möglich, dass er sich niederbeugte, als sie ihn schon losgelassen hatte. Es gelang ihr nicht, sich Sepps Kuss vorzustellen. Sepps Brust roch nach nassem Holz.

Warum sich dieser Arne wohl davongemacht hatte, noch im Halbdunkeln. Entweder war er durchgedreht oder ein Held. Wenn er es ins Dorf schaffte, würde er Alarm schlagen und Rettungskräfte mobilisieren. Dann käme bestimmt bis am Mittag ein Helikopter, könnte einen um den andern hochziehen, neun Personen, davon eine mit Beinbruch, und der Hund, was wär mit dem Hund? Aber Sepp hatte gesagt, alle Wege seien verschüttet, niemand schaffe es ins Dorf. Sepp. Er war so groß und fest und warm. Gestern hatte er Geburtstag. Sie wusste nicht mal, wie alt er war. Sie wusste nichts von ihm, außer dass er sich ein blondgefärbtes Busenwunder angelacht hatte.

»Amai, hilf mal«, sagte Erwin. Er rupfte unter Geräten und Gerümpel ein schweres, langes Brett hervor, und sie half ihm, es auf einen Absatz der Wiese zu tragen. Erwin zog sie neben sich auf die improvisierte Bank und legte den Arm um sie. Amai sah, wie Gret durchs Fenster kletterte und beim Absprung auf den Hintern fiel. Der war jetzt wohl nass. Auch Gret setzte sich auf das Brett, dann kamen noch Wolf und Lara. Sie saßen reglos nebeneinander wie in der Kirche, während vor ihnen eine goldene Hostie im Strahlenkranz zum Himmel stieg.

»Mio!« Das war Saki, die durchs Fenster rief. »Mio toilet!« »Also, ich mag nicht mehr«, sagte Gret, »ich hab genug von letzter Nacht.« »Please«, rief Saki. »Dann geh ich«, sagte Amai.

Sepp streckte den Arm aus dem Fenster und half ihr hinein.

Lara baute Steinmännchen, drei standen schon, klein, größer, groß. Erwin suchte passende Stücke und brachte sie ihr wie ein apportierender Hund. Was dieser Erwin wohl für einer war. Ein linker grüner langer Unbeholfner. Einer, der sich mit Wolf stritt und den Kürzeren zog. Ein Freundlicher. Sie baute. Sie schwiegen. Lara erinnerte sich an die Scharen von Steinmännchen auf einem Pass im Apennin. »Halt an«, hatte sie gesagt, und während Wolf im Auto blieb, spazierte sie zwischen den Männchen herum und fand sie zauberhaft, die versteinerten Wichtel. Danach schimpfte Wolf über Leute, die überall Spuren hinterlassen, Markierungen anbringen, sich verewigen wollen. »Unkastrierte Kater«, sagte er und klang sehr zufrieden über den Vergleich. Sie waren im Auto von Laras Vater unterwegs, um den ganzen Stiefel runter bis nach Kalabrien zu fahren, aber in der Mitte des Stiefels begann es zu stinken, sie stritten sich dauernd, Lara wollte umkehren, und das machten sie auch. Von Orvieto bis Bologna zählte Lara die Wörter, die gesagt wurden. Es waren dreiundsiebzig. Das war wie lange her? Drei Jahre. Und sie waren immer noch zusammen. Sollten wir mal heiraten wollen, dachte Lara, dann mache ich eine Einladungskarte mit zwei Steinmännchen drauf.

Als Sepp damals mit der Idee einer Terrasse Curdin aufgesucht hatte, war der noch im Bett, halbbesoffen. Curdin war Zimmermann und arbeitslos und früher mal Sepps Freund gewesen. Ja, sagte Curdin, kein Problem, so eine Terrasse, zu zweit würden sie das fertigbringen, er wolle fünfhundert Franken subito. Gret schoss das Geld vor, das Material holten sie im Baumarkt, wieder mit Grets Geld, sie nahmen von allem das Billigste und schafften es mit der Seilbahn hoch. Mühe machte das Verankern der Stützpfähle, aber sonst lief alles nach Plan, und als drei Tische mit Stühlen auf der Terrasse standen und Gret noch Kissen und Tischtücher gebracht hatte, saßen sie zu dritt bei einem Bier und feierten den Berghau. Möglich, dass Curdin jetzt im Dorf unterm Schutt lag und nie mehr etwas saufen konnte. Sepp fühlte sich schlecht. Der Vorwurf, den er sich machte wegen Arne, ließ sich nicht runterschlucken. Er hätte die Tür verschließen sollen, zumindest hätte er merken müssen, dass sich der Idiot im Halbdunkeln davonmachte, er hatte ja gar nicht geschlafen, sondern die ganze Zeit an Amai gedacht und wie es wär, wenn sie halbnackt zu ihm unters Tischtuch kriechen würde. Jetzt war sie hinten bei den Japanerinnen, er hörte die aufgeregten Stimmen und wusste nicht, ob er Amai zu Hilfe eilen sollte. Vorhin, als er ihr beim Einstieg durchs Fenster geholfen und sie sich an ihm festgehalten hatte, war das zuckrige Gefühl, sie streicheln zu wollen, gleich wieder dagewesen.

Sepp machte sich ein Bier auf, dabei war es erst sechs Uhr dreißig. Er mochte sich nicht zu den anderen in die Sonne setzen. Die konnten nichts dafür, dass sie hier gelandet waren, hatten sich aufgemacht zu einer Wanderung, warum hätten sie das nicht sollen. Aber er, Sepp, er konnte wohl was dafür, dass er hier war, in diesem Schutthaufen. Er hatte sich über die Warnsignale hinweggesetzt und die Hütte des alten Franz übernommen. Hände weg, hatte sein Vater gesagt, schau doch mal unser Haus an, hier ist nichts mehr sicher. Erst seit Vater im Friedhof lag und Sepp das Haus allein bewohnte, machte er sich Gedanken über die kleinen Veränderungen. Plötzlich ließ sich ein Fenster nicht mehr öffnen, der Rahmen war verzogen. In der Küche war ein Riss quer über der Wand. An der Hausfront bröckelte die Mauer. Und die Schlafzimmertür fiel nicht mehr ins Schloss, sondern schwang einfach durch. Es war immer eine alte Bude gewesen, hatte immer irgendwie ärmlich ausgesehen, aber jetzt: Ein Fußtritt vom Herrgott reichte, und das war's dann. Auch der Kirchturm sei schief, hatten die Geologen am Info-Abend im Gemeindehaus behauptet, aber das sah man nicht. Immer mit der Ruhe, hatte der Pfarrer gesagt.

Wolf half Erwin, einen Ein- und Ausstieg durchs Fenster zu bauen. Drinnen genügte ein Stuhl, draußen brauchte es eine Trittleiter, die setzten sie aus Kisten zusammen, aber sie wurde schief, der Hang war schräg, und Erwin fluchte auf Kauderwelsch, was Wolf auf die Nerven gab. »Der Hang da wird auch noch rutschen«, sagte Erwin, und Wolf dachte, wenn er noch einmal »Permafrost« sagt, hau ich ihm eine. Auf der Brettbank saßen Lara und Juri und knabberten Brot. Erwin fand noch ein zweites Brett, und wieder half ihm Wolf und dachte: Dieser Gutarsch.

Um zehn Uhr waren alle draußen, auch Saki. Wolf hatte in seinem Rucksack eine Tüte mit Apfelschnitzen gefunden, die eigentlich Arne gehörte, und reichte sie herum. »Jetzt müsste er unten sein«, sagte er. Darauf sagte niemand etwas. Nach einer Weile sagte Sepp: »Der liegt irgendwo«, und fügte an: »Tut mir leid.« »Was hat er sich bloß gedacht«, sagte Gret, worauf Juri sagte, wenn er es gewusst hätte, wäre er mitgegangen. Auf die Kiste mit Bier und Cola, die Sepp durchs Fenster gehievt hatte, schien mittlerweile die Sonne. Sepp stand auf und versenkte sie im schattigen Brunnentrog, und alle sahen, wie ihm die Hose über den Hintern rutschte und seine Pospalte freigab. »Überall Spalten und Risse«, sagte Wolf, worauf alle lachten, außer Saki. »Where is the other man?«, fragte sie. Niemand antwortete, Sepp brachte ihr eine Cola. »Wenn er unten ist, sollte bald mal ein Helikopter auftauchen, die lassen uns doch hier nicht vergammeln«, sagte Juri. Dann schlug er vor, ein Feuer zu machen. Mann, sind die alle so blöd, oder tun sie nur so, dachte Wolf. Womit sollen wir hier ein Feuer machen, sollen wir vielleicht die Tische anzünden, nachdem wir sie mit den Händen zerhackt haben? Er sehnte sich danach, in sein schwarzes Heft zu schreiben, aber wusste, dass er nicht wissen würde, was er schreiben sollte. Sein Hirn war blank und leergefegt. Wie schrieb man denn über so was wie das hier. Und das Davor und das Danach waren beide in weiter Ferne und gingen ihn jetzt gar nichts an.

Wo war eigentlich Lara? Warum saß sie nicht neben ihm, sondern zwischen Sepp und Erwin? »Lara«, rief er, »hast du mein Stirnband gesehen?« »Ach, lass mich doch in Ruh mit deinem Stirnband«, sagte sie. Das klang ziemlich gereizt, und alle taten so, als hätten sie's nicht gehört. Was war bloß in sie gefahren. Nun, ich werde sie nicht mehr belästigen, dachte er, meinetwegen kann sie bei Erwin auf dem Schoss sitzen, und der kann sie dann trösten mit seinem Idealistengelaber. Sie schaute irgendwie verweint aus. Gestern hatte sie munterer gewirkt, sogar auf diesem höllischen Abstieg. Vielleicht findet sie, ich hätte mich an Arnes Stelle davonmachen müssen. Ich hätte ein Held sein sollen. Aber das geht nicht, ich bin nicht dumm genug. Helden stapfen kopflos ins Unglück. Gab es eigentlich jemanden, der auf Arne wartete? Ja, eine Mutter, irgendwo bei Köln. Die große Schwester war schon lange tot. Und sonst? Die roten Kumpels von der Anwaltskommune. Wolf wusste nicht, ob und wie lange sich Arne bei denen abgemeldet hatte.

»Juri, sing etwas«, rief Gret. Juri schüttelte den Kopf. »Ich würde mitsingen«, sagte Gret.

Juri konnte vier Lieder singen, alle von den Beatles, sonst nichts. Er sang nur in seiner Mansarde oder mit seiner Großmutter, wenn sie zusammen in der Küche waren. Sie hatte immer die Beatles laufen lassen, als er klein war und sie auf ihn aufpasste. Hey Jude. Lucy in the Sky. Penny Lane. Here comes the Sun. Nein, er würde vor diesen Typen hier nicht noch mal etwas singen. »Sepp«, rief Wolf, »hast du vielleicht ein Alphorn?« Sepp winkte bloß einhändig ab, lasst mich in Ruh.

Juri sah Laras Fingern zu, sie flocht trockene Grashalme zu einem kleinen Zopf. Plötzlich hielten die Hände still. Von hinter der Nauenspitze war ein Geräusch zu hören, erst leise grollend, dann leicht knatternd. Ein Heli! Er tauchte auf, heuschreckengroß, im jetzt blassblauen Himmel. Erwin war der Erste, der schrie, dann schrie Gret, dann schrien alle. Sie standen auf, fuchtelten mit den Armen, stießen die Japanerin vom Brett, und sie schrien sich noch heiser, als der Heli schon wieder abgedreht hatte und kleiner und kleiner wurde und aus ihrer Sicht verschwand. Der hat uns nicht gesehen, dachte Juri, und als er es sagte, widersprach niemand. Der Hund bellte noch eine Weile weiter. Dann wurde es still, so still, als hätten alle mit Atmen aufgehört. »Sepp«, rief Wolf plötzlich, »was ist das eigentlich für ein Ding dort an der Wand?«

Sepp ging und nahm den großen hölzernen Milchtrichter vom Nagel. Durch den hatte der alte Franz immer den Alpsegen gerufen, ja, gesungen, den abendlichen Betruf. Sepp hielt den Trichter vors Auge. Er sah ein rundes Bild mit Köpfen, die ihn anstarrten. Dann hielt er ihn vor den Mund und rief:

»Ave. Gebenedeit und Amen!«

Es klang so gut wie beim alten Franz. Entweder war der Alpsegensingsang gar nicht schwierig oder er hatte ihn einfach im Blut. Das Trichterholz war ausgebleicht und brüchig am Rand. Noch einmal rief Sepp »Ave«, und seine übergroße Müdigkeit war weggeblasen und segelte ins Tal. »Mann«, sagte Juri, »Wahnsinn.« »Ist für den Betruf«, sagte Sepp, »ist eigentlich ein Milchtrichter.« Genau gesagt eine Folle, sagte Erwin, ein Trichter ende unten in einem Röhrchen, eine Folle nicht, sie sei einfach oben weit und unten eng, und damit die Milch gesiebt werde von Kuhhaaren und Ähnlichem, habe man da Rinde oder Tannenzweige reingestopft, eben als Sieb. »Geht wohl auf althochdeutsch ›fol‹ zurück. F, O, L.« »Meinetwegen«, rief Gret, »Sepp mach noch mal! Ich hab ja gar nicht gewusst, dass du das kannst.« Sepp holte Luft:

»Ave ave ave
Wir sind oben im Berghau
Sankt Anton und Sankt Wendelin
Gebenedeit und amen
Holt uns!«

»Sepp, ruf weiter, die hören uns vielleicht«, bat Amai. Sepp hatte genug. Ein Betruf sollte kein Spaß sein. Er wusste noch, wie es war, diesen kleinen heiligen Schauder zu spüren. Er wusste noch, wie seine Mutter sich und ihm das Kreuz auf die Stirn gezeichnet hatte. Das war nichts für die Schlaumeier hier und schon gar nicht für den aufgeblasenen Wichtsack mit seiner Folle und seinen

Kuhhaaren. Der hatte bestimmt noch nie ein Kuhhaar angefasst.

»Bitte!«, sagte Amai wieder. Amais Stimme machte ihn weich, trotzdem hängte er den Trichter wieder an den Nagel. »Vielleicht am Abend«, sagte er. »Warum erst am Abend?«, fragte Lara. »Der Abend trägt den Ton besser, die Luftschichten sind dünner und sie vibrieren wie Saiten.« So, denen hatte er das Maul gestopft. So wie der andere Wichtsack, der Wolf, ihn ansah, schien er beeindruckt. Der hatte jetzt was in sein Heft zu schreiben. Er, Sepp, war kein Blödmann. Das sollte nun allen mal klar sein.

Lara stand auf. Wenn sie nur endlich ein paar Schritte gehen könnte. Sie stolperte ein Stück abwärts übers fast schon trockene Gras. »Was ist?«, rief Wolf. Lass mich allein, dachte sie. »Ich mach bloß ein paar Schritte!« »Du bleibst da!« Du hast mir gar nichts zu sagen, dachte sie, dann rannte ihr der Hund zwischen die Beine und sie fiel um. »Ich komme mit«, sagte jemand neben ihr und half ihr auf, das war Amai, »wir können zusammen bis zur Seilbahn laufen, fünfzehn Minuten, ich kenn ja den Weg.« Am liebsten wäre Lara vorausgerannt wie der Hund, aber sie folgte Amai auf dem schmalen Pfad mit sorgfältigen Schritten. Sie wusste, dass die anderen ihnen zusahen. Alle paar Meter mussten sie stehen bleiben, weil der Hund Geißenköttel fraß. »Darf er das?«, fragte Amai, und sie lachten. Nach einem kurzen Stück bergab ging es geradeaus, den Hang entlang, und Lara dachte erstaunt, das ist ja schön hier, ich kann ja immer noch etwas schön finden. Der Berghau war außer Sicht, und der kleine Weg war unbeschädigt, schlängelte sich durch Thymian und Heidekraut, und plötzlich stand da ein Türkenbund. Lara bückte sich. »Schau mal, eine Lilie!« »Die war gestern nicht da«, sagte Amai. Wieder lachten sie. »Hast sie wohl nicht gesehen«, meinte Lara. »Ja, ich hatte die Hosen voll«, lachte Amai. »Ich hab sie immer noch voll«, sagte Lara. Als sie sich hinkauerte und es plätschern ließ, tat es Amai ihr nach. Eigentlich ist sie gar nicht so übel, dachte Lara.

Beim Weitergehen hätte sie beinah vor sich hin gesungen, aber das passte wohl nicht. Amais Haar leuchtete ganz unverschämt in der Sonne. Als sie zum Häuschen der Seilbahn kamen, wunderte sich Lara, wie unbeschadet hier alles aussah, aber dann zeigte Amai in die Tiefe, auf den umgekippten Mast und das am Boden liegende Seil, und gleich war der schwarze Schrecken wieder da. Irgendwo da unten lag vielleicht Arne. Amai stieß die Tür auf, und Lara folgte ihr. Keine Gondel hier drin, nur eine schmale Bank, Besen, Schaufel, ein kaputter Regenschirm. Der Kasten mit dem Telefon lag am Boden, in einer Wasserlache, nachts hatte es wohl hereingeregnet, ja, das Blechdach war verrutscht. Amai sagte, gestern habe hier einer Mundharmonika gespielt, sehr schön. Gestern, heute, morgen, dachte Lara. Morgen war so weit weg wie gestern. Und wenn morgen überhaupt kam, dann würde es anders werden mit Wolf und ihr. Sie wusste nicht, ob sie sich darauf freuen sollte.

»Schade, dass das Telefon nicht mehr geht«, sagte Amai, »sonst könnten wir uns ein Champagnerfrühstück und ein paar Sänften bestellen.« Sie lachten. Auf einmal war das Leben schön genug, um zu tanzen, Lara streckte die Arme zu Flügeln und drehte sich im Kreis, und im Drehen sah sie das Funkgerät und die Steckdose. »Da schau«, rief sie, »es ist noch eingesteckt. Vielleicht gibt es doch noch Champagnerfrühstück!«

Amai erstarrte. Sie sah Laras verkrümmten Körper auf dem nassen Boden, wie er zuckte, sah Laras Hand, wie sie sich um ein schwarzes Ding krallte, um ein Gerät an einem Kabel, sah Laras zu einem furchtbaren Grinsen verzerrtes Gesicht. »Lass los!«, schrie Amai, »lass das Ding los!«

Aber Lara ließ nicht los. Lara zuckte bloß und zuckte und zog sich im Krampf zusammen zu einer kleinen leblosen Gestalt. Und als sie endlich losließ, wusste Amai, dass sie zum ersten Mal einen toten Menschen sah.

»Laraa!« Amai schrie. »Laraa!« Schrie, keuchte, rannte. Der Hund war weit voraus. Ein Schuh war nicht zugebunden, nicht stolpern jetzt. »Laraa!« Amai rannte, rutschte, rannte vorbei am Türkenbund, als sie auftauchten von oben, Sepp, Wolf.

»Laraa!« Sie schrie auch, als Sepp und Wolf vor ihr standen. »Was ist?«, fragte Sepp. »Wo?«, schrie Wolf. Sie zeigte hinter sich, »drinnen«, sagte sie noch, kauerte nieder, das Gesicht in den Händen. Spürte den Hund an der Schläfe, wie er sie kurz abzulecken versuchte. Und dann zog jemand sie hoch und hielt sie fest. Erwin. Sein blaues Hemd, etwas Hartes in der Hemdentasche, das drückte. Sein Geruch, guter Erwingeruch. Und sein Herzschlag.

»Sie ist tot«, sagte Amai.

Sepp lief vorbei. »Kann ich …«, sagte Erwin. »Nein«, sagte Sepp, »ich hole eine Decke.« Er holt eine Decke, dachte Amai. Sie friert. Sie braucht eine Decke. Sie ist nicht tot.

Alle hatten sich drinnen an den Tisch gesetzt, auch Wolf. »Wir können sie doch da nicht so allein liegen lassen«, sagte Gret, »unter diesem Tischtuch.« Wolf war lange bei Lara geblieben, eine Stunde, zwei Stunden, wollte niemanden bei sich haben. Als er zum Berghau zurückkam, sagte er nichts, einfach nichts. Und jetzt, am Tisch, sagte er: »Ist noch Bier da.« Sepp brachte ihm eins. Amai war erleichtert, dass Wolf ihr nicht gegenübersaß. Sie hätte sich nicht getraut, ihn anzuschauen. Jemandem ins Gesicht schauen, dessen Freundin gerade eben gestorben war, das ging nicht. Sie ist getotet, hatte ihr kleiner Neffe Max kürzlich von einer alten Nachbarin gesagt. Amai versuchte ständig, das letzte Bild von Laras Gesicht zu verscheuchen, aber es kam immer wieder. Einmal wischte sie es mit der Hand von den Augen, und Erwin sah sie fragend an. Auch die Japanerin Saki saß am Tisch und spielte mit einem winzigen Stück Schnur. Sie hatte verstanden, dass Lara tot war, aber nicht das Wort Stromschlag. Amai spürte links Sepps Arm und rechts Erwins Oberschenkel. Ein Schutz war das nicht. Die Angst schlug trotzdem zu. Ich habe alles falsch gemacht, dachte Amai. Ich bin schuld.

»Sie ist schuld«, sagte Wolf, beugte sich weit über die Tischplatte und blickte zu Amai. Wo bin ich hier, dachte er, an einem Tisch voller Idioten. Die starren mich an, als wär ich auch einer. »Sie hätte sie wegziehen müssen, aber sie hat nichts gemacht.« »Bitte, lass Amai in Ruhe«, sagte Erwin. »Hätte Amai sie weggezogen, wäre sie auch in den Stromkreis geraten, womöglich.« »Stimmt«, sagte Sepp, »zum Wegziehen oder Wegstoßen hätte sie einen Gegenstand gebraucht, der nicht leitet. Etwas aus Holz, zum Beispiel.« »Aber da war nichts«, sagte Erwin. »Doch, da war etwas«, schrie Wolf. »Da war ein Besen, ein Holzbesen. Aber die Dame war zu blöd. Alles, was ihr einfiel, war schreien.« Juri schlug mit beiden Fäusten auf den Tisch, schlug und schlug, hämmerte.

Wolf hielt sich den Kopf. Diese Idioten, diese Idioten.

Wussten die eigentlich, dass seine Lara tot war?

So tot, dass er sie nie mehr umarmen konnte, nie mehr ihr Gesicht in die Hände nehmen, nie mehr ihr nachschauen, wenn sie winkend davonging. »Amai ist nicht schuld«, sagte Gret, »der Berg ist schuld.« »Ihr seid das Letzte«, sagte Wolf. Er musste raus hier. Er kickte seinen Stuhl zur Seite und stieg so hastig durchs Fenster, dass er sich die Ellbogen aufschürfte.

Draußen blieb er stehen und tat, als blicke er zu den Bergen. Er mochte sich nicht ins Gras setzen, wollte den Blicken der anderen entgehen. Aber wohin? Aufwärts war nicht möglich, über der Grasfläche war eine Steilwand. Abwärts war nicht möglich, Hang abgebrochen. Links war die verschüttete Halde und rechts der Weg zu Lara.

Gret stand auf. Sie hole jetzt die Wieheißtsieschonwieder, die Mio, nach vorne und mache ihr hier ein Lager. »Wer hilft?« Erwin erhob sich. Gret schob die Kissen zu einer Liege zusammen und dirigierte Erwin mit einem Kopfnicken nach hinten. Die Japanerin blickte ihnen angstvoll entgegen. »We bring you where more light«, sagte Gret, »okay?«, und zeigte auf Erwin. »He helps.« Sie gab sich Mühe, nicht laut herauszulachen wegen Erwins hilfloser Miene. »Und jetzt?«, fragte er. »Das ist ja eine Luft hier, zum Ersticken«, sagte Gret. »Ja, es riecht«, sagte Erwin. Gret half Mio auf und zupfte ihr den Slip zurecht. »Halt sie mal!« Während Erwin die halbnackte Mio von hinten mit ausgestreckten Armen festhielt, band Gret ihr das Tischtuch um. »Kannst du sie tragen? Schwer ist sie nicht.« Erwin griff unter Mios Arme, hob sie hoch und trug sie wie eine Puppe vor sich her nach vorne. Einmal schrie Mio auf, das verletzte Bein war irgendwo angestoßen. Auf die zurechtgemachte Liege schien Sonne, Saki setzte Mio eine Sonnenbrille auf. »Thank you«, sagte Mio, und als ihr Sepp und Amai und Juri zuwinkten, verzog sich ihr Gesicht zu etwas, das ein Lächeln sein sollte. Na also, dachte Gret. Da wär wieder mal was geschafft. Warum hatte niemand sonst daran gedacht, die Kleine nach vorne zu holen, raus aus dem Verlies? Es hätte ja auch Sepp einfallen können, wenn er nach hinten ging, um neues Bier zu holen. An der wimmernden, feuchtgeschwitzten Mio vorbei. Manchmal zweifelte Gret an Sepps Denkvermögen. Wenn etwas wichtig war, wartete er meist erst ab, wie ihre Meinung war, und gab die dann von sich, als komme sie von ihm. »Kann sich mal jemand das Bein ansehen?«, fragte Gret und legte die Decke so, dass die Wunde damit nicht in Berührung kam.

»Ich versteh nichts davon«, rief Erwin, der sich wieder an den Tisch gesetzt hatte. »Ich auch nicht«, sagte Juri. Rund um das Knochenstück, das sich durch die Haut gebohrt hatte, war das Bein genässt und brandrot entzündet. Darüber verteilt, dunkles, getrocknetes Blut, wie Flechten auf Stein. »Geschwollen ist es auch«, sagte Amai. »Does it hurt?« Geht's noch blöder, dachte Gret. Sieht man doch, dass es hurt. Mios Gesicht, das wurde hier im Licht erst so richtig deutlich, war gezeichnet von Schmerz. Krank sah sie aus. »Schienbeinbruch«, sagte Amai. Das hätte sie nun auch noch gewusst, dachte Gret, dass der Knochen da Schienbein hieß. »Vielleicht ist auch das Wadenbein kaputt«, sagte Amai. Gret seufzte. Warum kam ihr diese Amai so wichtigtuerisch vor?

Sepp tauchte auf mit einer Flasche Fanta und einer Flasche Bier und hielt sie Mio vors Gesicht. Mio zeigte auf das Bier. »Da, sieh her«, sagte Sepp.

Sicher tot: Lara. Tot: Mats. Tot: Annie. Vielleicht tot: Arne. Halbtot: Mio. Horror, dachte Juri. Ihm war, als müsste er sich dauernd schütteln. Horror. Und trotzdem hatte er diesen Hunger, diesen unbändigen Hunger. Er hätte einen Zehnliter-Eimer Teigwaren verschlungen. Vom alten Brot war kaum noch was übrig, er traute sich nicht, das auch noch zu nehmen. Durchs Fenster sah er, wie Wolf im Gras lag, ein Tuch überm Gesicht. Vielleicht wollte er allein sein. Das ging hier schlecht. Vielleicht wollte er nicht allein sein, und die Rücksicht der anderen war falsch. Vielleicht sollte man weniger denken und mehr tun. Juri kletterte durchs Fenster und setzte sich neben Wolf ins Gras. Wolf rührte sich nicht. Es war warm, ja heiß. Drei Uhr nachmittags. Jetzt wäre er zu Hause. Und morgen wäre die Prüfung. Und übermorgen würde er mit Mutter die kleine Katze holen, dann war die exakt zwölf Wochen alt. Seine Gesichtshaut brannte. Er hätte gerne die Mütze aufgehabt, aber die hatte er gestern verloren. Nicht wieder an gestern denken. Wahrscheinlich war es richtig, jetzt still zu bleiben. Er still, Wolf still, Welt still. Und es fiel ihm auch gar nichts ein, das sich in diesem Augenblick richtig anhören würde. Ein Vogel kam von hinten und tauchte vor ihm ab in die Tiefe, mit einem kurzen trockenen Geräusch, wohl von den Flügeln. Mit Vögeln kannte er sich nicht aus. Annie hätte Bescheid gewusst. Nicht wieder an gestern denken. Still sitzen, still werden, still sein. Seine Knie waren verschieden, das linke machte ein Gesicht.

»Du bist der Junge«, sagte Wolf unter dem Tuch.

»Stimmt«, sagte Juri, »ich bin Juri. Es tut mir leid«.

»Du bist nicht schuld, also kann es dir auch nicht leid tun.«

»Ich weiß nicht, was ich sonst sagen soll.«

»Du könntest sagen: Du tust mir leid.«

»Du tust mir leid.«

»Danke. Mir tut vor allem Lara leid. Nur nützt ihr das nichts.«

»Ich habe keine Freundin, das muss schlimm sein.«

»Eine Freundin zu haben ist nicht schlimm, aber zu erleben, wie sie umgebracht wird, das ist schlimm.«

»Umgebracht.«

»Ja, umgebracht. Ums Leben gebracht.«

Wolf riss das Tuch vom Gesicht. »Bist du gerne am Leben?«

»Ja.«

»Eben.«

»Ich wäre nicht gern tot.«

»Wenn du tot bist, kannst du nicht wissen, ob du gern tot oder nicht gern tot bist.«

»Bist du immer so genau?«

»Ich glaube schon. Und das war der Grund. Der Grund, dass ich ihr auf den Nerv ging.«

»Lara?«

»Aber geliebt hat sie mich immer noch.«

»Klar.«

»Und ich habe sie geliebt.«

»Klar.«

»Ich hätte es ihr gestern sagen sollen.«

»Yesterday.«

»Die Beatles, kenn ich. Aber sing mal.«

»Nein.«

»Ich möchte hier verschwinden.«

»Ich auch.«

So ein Gespräch hatte Juri noch nie geführt. Dieses rasche Hin und Her. Wie Schläge ohne Schmerz.

Wolf hatte gemerkt, dass sich jemand neben ihn gesetzt hatte. Geh weg, hatte er gedacht. Wenn ich das lange genug denke, wirkt es. Es wirkte nicht. Dass es Juri war, schloss er aus dem Geräusch des Reibens nackter Beine mit flachen Händen. Sepp, Erwin und Juri trugen kurze Hosen. Aber Sepp war's nicht, der hätte lauter geschnauft, und Erwin war's nicht, der hätte nach Schweiß gerochen. Dass es Juri war, war ihm recht. Noch lieber hätte er den Hund bei sich gehabt. Das Tuch auf seinem Gesicht gehörte Lara, hatte Lara gehört. Immer hatte sie Tücher getragen, teure Tücher aus Seide oder feinster Wolle. Als er sie zum ersten Mal sah, trug sie ein braunes Tuch mit blauen Federchen, es war ihr zu Boden gerutscht, und er hatte sich danach gebückt. So waren sie ins Gespräch gekommen, so waren sie einander ins Leben geraten, im Kino Bellevue, bevor der Film anfing mit Bruno Ganz. Der war inzwischen tot. Und Lara war tot. In ihrem Tuch war noch ein klein bisschen von ihrem Duft, Minze mit etwas. Er zog es weg, stopfte es in die Hosentasche, holte es wieder heraus, faltete es exakt, Ecke auf Ecke, bis es kleiner nicht mehr ging. Juri schaute zu. »Wohin würdest du verschwinden?«, fragte Wolf. »Nach Hause«, sagte Juri, ohne zu zögern, »und du?« »In ein Nichtlaraland. In ein Nichtlaraloch.« »Ää?« »Dahin, wo es sie nie gegeben hat.« »Und da hockst du dann und wartest auf sie?« Lustig, dachte Wolf. Das ist lustig. Ich könnte drüber lachen. Es wäre aber ungehörig. Ich wäre ein Ungehöriger, dabei bin ich ein Angehöriger. In tiefer Trauer. Wir haben die schmerzliche Pflicht, Ihnen mitzutei. Ganz unerwartet ist unsere. In ihren geliebten Bergen. Wir werden sie. Sie wird für. Familie, Freunde und Angehörige. Am schlimmsten, dachte Wolf, wird es sein, Gregor zu umarmen, der nun mal ihr Vater ist. Gregor hasst ihn. Gregor findet, er sei ein ultrarechtes Arschloch. Gregor meint, Wolf sei der größtmöglich Falsche für Lara. Die so apart ist, sagt Gregor, die so talentiert ist, sagt Gregor, die so gebildet ist, sagt Gregor. Nach ihm müsste Lara mit ihren sechsundzwanzig Jahren längst eine international bejubelte Regisseurin sein. Und was macht sie? Schreibt für irgendwelche Bonzen die Firmengeschichte und geht abends nach Hause zu ihrem Candidatus juris.

Wolf setzte sich auf. Juri klopfte ihm auf den Rücken, und Wolf war irritiert. Will mich der Junge aufmuntern, oder was. Nein, er klopfte ihm nur Gras und Dreck weg.

»Das Definitive«, sagte Wolf, »das ist das Schlimme. Ich meine: am Tod. Unkündbar.«

»Vielleicht kann man irgendwann mal Leben fabrizieren«, sagte Juri. »So ein Gewusel in einer Glasschale.«

»Dann heißt es, man nehme dem Herrgott die Arbeit.«

»Er ruft uns.«

»Der Herrgott?«

»Nein, Sepp, am Fenster, winkt uns herein.«

Das ist lustig, dachte Wolf, ich könnte drüber lachen. Verwundert sah er sich zu, wie er Juri hinterherlief und nach ihm durchs Fenster kletterte. Man saß am Tisch und blickte ihn an. Auch die verletzte Japanerin war da, lag auf ein paar Kissen. »Was ist mit ihr?«, fragte er. »Warum ist sie so rot?« So einfach war es, die Aufmerksamkeit von sich abzuwenden. Keine falschen Aufmunterungen waren zu befürchten. Alle blickten jetzt zu Mio.

Tatsächlich, dachte Sepp, die sieht ja ganz anders aus, als wär der Kopf aufgepumpt. Saki rannte zu Mio und hielt ihr die Hand ans Gesicht. »Not hot!«, rief sie, »Mio, Mio!« Und dann folgte Japanisches. »Ist wohl vom Bein, irgendwie«, sagte Sepp. »Nein, ist vom Bier«, sagte Erwin. »Viele Japaner und Chinesen vertragen Alkohol nicht. Es fehlt ihnen ein Enzym oder so in der Leber.« Dann bin wohl ich wieder mal schuld, dachte Sepp. Aber warum nimmt die Kleine das Bier überhaupt entgegen und trinkt es dann noch? »Wahrscheinlich ist ihr schlecht«, sagte Erwin. »Wir sollten einen Eimer bereitstellen.« »Dann hol du mal einen Eimer im Dorf«, sagte Sepp. Er sah, dass Amai vor sich hin lachte. Amai. Wenn sie noch eine zweite Nacht hier verbringen mussten, wollte er versuchen, sie im Hinterraum zu küssen. Er war ziemlich sicher, dass sie nichts dagegen hatte.

»Sepp hat einen Vorschlag«, sagte Gret, »Sepp, mach.« »Ja«, sagte Sepp, »eben.« Alle sahen ihn lauernd an. »Ich habe zwei Vorschläge. Erstens: Eine Person ist immer draußen und schlägt Alarm, wenn sich was tut. Zweitens: Wir machen auf dem Tisch eine Auslegeordnung. Jeder und jede holt aus den Rucksäcken und Taschen, was essbar ist. Alles. Jede vergammelte Nuss. Niemand behält heimlich etwas für sich. Dann teilen wir auf. Ist jemand dagegen?« Es blieb still. Sepp leerte die Tüte, die Gret bereitgemacht hatte, auf dem Tisch aus. »Unser Beitrag«, sagte Sepp. Ein Apfel, sechs Tafeln Schokolade, sieben Beutel Traubenzucker, eine angebissene Laugenbrezel. »Ich mag nicht in Laras Rucksack wühlen«, sagte Wolf. Sepp nickte und dachte, ich kann nicht mehr, ich kann einfach nicht mehr. Er übernehme Laras Rucksack, sagte Juri. Er selber habe rein gar nichts zu bieten, habe alles beim Abstieg gegessen, sogar an der kleinen Zahnpasta habe er gelutscht. Wolf holte diverse

Päckchen von Knäckebrot und Zwieback aus seinem Rucksack, wohl an einem Hotelbuffet gehamstert, zwei bräunliche Bananen und eine halbe Cervelatwurst. »Die wollte ich dem Hund geben«, sagte er. Wo war eigentlich der Hund? Sepp hoffte, dass sie ihn los waren. Auch Erwin und Amai suchten in den Rucksäcken. Erwin brachte eine Nussrosinenmischung und verschwitzte Käsescheibletten zutage und Amai eine kleine Schokolade und je eine halbe Tube gezuckerte Kondensmilch und Kräuterbrotaufstrich. Sie drücke das direkt in den Mund, sagte Erwin, und Amai schüttelte unwirsch den Kopf. Aus Laras Rucksack holte Juri drei Brötchen, einige nicht allzu frische Salamischeiben, drei Fläschchen Kräuterschnaps und eine unversehrte Packung Dörrbananen. »Na also«, sagte Sepp, »das ist doch schon mal was.« So spricht ein freundlicher König zum Untertan, dachte er. Mio schien begriffen zu haben, was hier vorging, und fischte aus ihrem türkisblauen Puppenrucksack diverses Süßzeug und eine Tüte Erdnüsse. »Gret soll aus all dem nun acht Portionen machen«, sagte Sepp. So spricht ein freundlicher König zur Magd, so muss es sein, ich muss König sein. Bleibt mir nichts anderes übrig. »Und ich geh jetzt nach draußen.« Ich suche den verdammten Himmel nach einem verdammten Helikopter ab und die verdammten Bergkämme nach einem verdammten Lebenszeichen.

Als er durchs Fenster kletterte, merkte er, dass ihm jemand hinterherstieg, Wolf. Sepp setzte sich im Gras aufs obere Brett und Wolf aufs untere. Keiner sagte etwas. Ich müsste anfangen, dachte Sepp, aber es fiel ihm nichts ein. Wolfs Rücken sah so brutal schmal aus und die Welt rundum so brutal tot.

Schon lange hatte er nicht mehr gebetet, richtig in Andacht mit einem Amen am Schluss. Rasch mal »Bitte mach, dass«, sagte er zwar ab und zu, aber mit Gott hatte das wenig zu tun. »Machen, dass«, das konnte auch ein Verstorbener oder ein Berggeist wie der Grübentoggel. Oder daheim, in Hochtann, das Flüsterding, das manchmal im Zimmer hing. Gret sagte, er sei abergläubisch, weil er mit den Fingern ein Dreieck formte, wenn er etwas Unangenehmes sah. Einmal hatte er dazu beide Hände vom Lenkrad genommen, und sie hatte ihn angeschrien. Sie verstand das nicht. Ob Glaube oder Aberglaube – das kam auf dasselbe raus. Ob die Muttergottes oder die Weiße Frau. Hauptsache, sie machte, dass.

Erwin drückte wieder mal an seinem Handy herum, aber natürlich tat sich nichts, Batterie leer, Empfang tot. Mit jemandem reden, das hätte er jetzt gebraucht, doch niemand kam auf ihn zu. Gret und Sepp mochten ihn nicht, das merkte er, sie fanden, er tue wichtig, aber er wusste nicht, was er anders machen sollte. Mit Wolf reden ging auch nicht, der wollte gewiss keine Anteilnahme von einem grünen Heini. Der junge Juri hielt sich abseits, und Amai döste am Boden, das Gesicht in der Jacke vergraben. Die beiden Japanerinnen flüsterten miteinander. »Are you alright?«, fragte er. »We would like some water«, sagte Saki, und Mio nickte. Ihr Kopf war etwas weniger rot, aber die Augen schienen geschwollen. »No water«, sagte Erwin, »I am sorry.« Da schrie Mio

Saki an und Saki schrie zurück, ein Streit brach aus wie eine Fontäne, japanisch und schrill. Erwin stand hilflos daneben. Als er durchs Fenster ins Freie stieg, unsicher, zu wem er sich setzen sollte, kam von unten der Hund gerannt. Er hatte etwas im Maul und ließ es neben Wolfs Füße fallen. »Was ist das?« Wolf klang aufgeregt. Erwin ging und bückte sich über das braune Ding. Ein Stück Katze, dachte er, ein Fuß, ein Katzenfuß. »Murmeltier«, sagte Sepp. Erwin war froh, nichts von Katze gesagt zu haben. »Murmeltier, genannt Alpenratte, Hinterfuß. Sieht man an den fünf Nägeln. Am Vorderfuß sind es vier.« Sepp packte den Fuß und warf ihn in hohem Bogen zwischen die Steine. Es sei ihm ein Rätsel, sagte er, wo der Hund gewesen sei. Hier an diesen Hängen habe es nie Murmeltiere gegeben. Die seien seit jeher auf der anderen Seite der Nauenspitze. »Und wie soll der Hund da hingekommen sein?« Der Hund hatte den Kopf an Wolfs Knie geschmiegt und ließ sich streicheln. Was, wenn der Hund einen Weg gefunden hatte, der aus dieser Isolation herausführte? »Ich weiß, was ihr denkt«, sagte Sepp, »das könnt ihr vergessen, gopfertami.« Erwin legte sich ins Gras. Gott verdamm mich, was entspräche dem auf Schwedisch? För helvete könnte passen, zur Hölle. Da landet man ja, wenn von Gott verdammt. Er müsste wieder mal Hedda schreiben, hatte zu lange nichts von sich hören lassen. Ob Hedda wieder einen Freund hatte? Sie wusste nichts von Amai.

Mit Hedda unterwegs in Schweden hatte er erstmals richtig die Natur erlebt, ihre Schönheit und Geheimnisse und Verletzlichkeit, ihre Kraft und Gewalt. Die

Natur schlage zurück, sagte Hedda ganz fröhlich, und Menschen brauche sie nicht. Und immer wieder sagte sie, »schau mal her«, »titta här«, und zeigte auf eine Feuerwanze, eine Wolfsmilchblüte, ein Mauseloch. Mit Hedda war er ein Grüner geworden. Ein Greenpeacer. Ein Vegetarier. Und war beim Soyakaufen dann Amai begegnet.

Der Hund. Wie kam der zu den Murmeltieren? Sepp ging im Kopf sämtliche Trampelpfade durch. Die waren alle verschüttet. Und der kahlgefegte Felshang war zu abschüssig. Das schafften auch vier kräftige Pfoten nicht. Niemand kam hier raus. Das war sein sechstes Bier heute, nachmittags um drei. Wunderbares Ausflugswetter, warm, ein paar Schaumwolken, ein Streichelwind. Außer den Japanerinnen waren alle draußen. Amai hatte ihre Sonnencreme herumgereicht. Wolf saß weiter unten, da, wo der Pfad Richtung Seilbahn abbog, Richtung Lara, Richtung Endstation. Leicht vorgebeugt saß er da unten, wahrscheinlich schrieb er in sein Heft. Angenommen, Gret wäre tot, was würde er, Sepp, dann in sein Heft schreiben. Er hatte gar kein Heft, er schrieb nie etwas. Wenn Gret tot wäre, würde er saufen. Und vielleicht zuoberst auf einem Berg etwas laut in den Himmel hineinrufen, hineinschreien. Der Milchtrichter fiel ihm ein, und wie leicht ihm das Rufen gefallen war. Ave ave ave! Wir sind oben im Berghau! Sankt Anton und Sankt Wendelin. Gebenedeit und amen. Holt uns! »Sepp, mach weiter«, hatte Amai gesagt. Vielleicht hatte sie recht, vielleicht musste er immer wieder rufen, holt uns, holt uns, musste aus dem Betruf einen Holruf machen:

Ave ave ave
Wir sind oben im Berghau
Sankt Anton und Sankt Wendelin
Gebenedeit und amen
Holt uns
Heilige Dreifaltigkeit, holt uns
wir sind gefangen im Berghau
im Berghau, im Berghau
bei Amstadlers Sepp im Berghau
Hilfe, wir brauchen Hilfe
für Kranke und Gsunde
hört uns, ave ave ave.

Etwa so. »Was redest du?«, rief Gret. »Nichts.« »Doch, du bewegst die Lippen.« »Ja, und?« Sepp versuchte, seinen Holruf ein paar Mal lautlos herzusagen, und als er sich sicher fühlte, stand er auf, stieg über den dösenden Juri und angelte sich den Milchtrichter von der Wand.

»Ave ave ave
Wir sind oben im Berghau.«

Alle richteten sich auf, drehten sich nach ihm um, Wolf kam näher, Saki erschien am Fenster.

»Ave ave ave
Wir sind oben im Berghau
Sankt Anton und Sankt Wendelin
Gebenedeit und amen
Holt uns
Heilige Dreifaltigkeit, holt uns
wir sind gefangen im Berghau
im Berghau, im Berghau
bei Amstadlers Sepp im Berghau

Hilfe, wir brauchen Hilfe
für Kranke und Gsunde
Hört uns, ave gopfertami ave.«

Der Hund bellte. Nach dem letzten Ave hatte er zu bellen angefangen. Schade, dachte Amai, der macht die Andacht kaputt. Jemand müsste jetzt Sepp umarmen. Wer? Gret natürlich. Aber die saß bloß da, Kopf auf den Knien, und Amai verscheuchte den Gedanken an den großen Busen, der doch eigentlich bei solcher Sitzposition im Weg sein musste. Sie sah, wie Sepp den Milchtrichter wieder an die Hauswand hängte, und wie er die Blicke der anderen nicht zurückgab, sondern die flache Hand – was für eine große Hand – als Schirm über die Augen hielt und in die Ferne schaute. Wahrscheinlich war er verlegen. »Ich glaube, das nützt«, sagte Amai. »Vielleicht hört es ja wirklich jemand«, sagte Erwin, und Juri sagte: »Oben oder unten.« Wolf schwieg. »Du musst es wieder tun«, sagte Amai, »genau so, jede Stunde, bis es dunkel ist, bitte, Sepp.« Sepp verschränkte die Arme. Diese kräftigen Arme hatten sie gestern festgehalten, dort hinten in der kaputten Küche, und sie hatte den großen warmen Körper gespürt, den großen bebenden Sepp. Jetzt war es bald vier Uhr. Wenn sie in den nächsten vier Stunden nicht geholt wurden, hieß das: noch mal eine Nacht im Berghau.

Was wollte sie lieber: noch mal eine Nacht und vielleicht von Sepp umarmt werden, oder endlich weg und raus aus diesem Albtraum?

Irgendwer wird ausrasten in einer zweiten Nacht, dachte Amai. Zu viel Schmerz und Wut für die stinkige

Gaststube. Sie legte sich hin, schloss die Augen und überlegte, was aufzuschreiben wäre, wenn sie aufschriebe. Schon lange trug sie kein Notizbuch mehr mit sich. Sie tippte nur noch Stichworte in ihre Notiz-App, Daten und Namen und Orte. Das Schreiben mit Anspruch auf Ästhetik und Raffinesse hatte sie längst aufgegeben, es kam ihr eitel vor, unwahr oder lächerlich. Es irritierte sie, wenn jemand von »stillen Schatten« schrieb. Ja, gab es denn laute Schatten? Wenn »das Herz brach«. Ja, war es denn ein Knochen? Wenn »Mondlicht sickerte«. Ja, war es denn nass? In ihrer neuen Arbeit nach den Ferien würde sie restlos befreit sein von literarischer Paste, Schluss damit. Sie freute sich darauf. Aber erst musste der Albtraum aufhören.

Jemand ließ sich neben ihr nieder, sie merkte gleich, wer es war. »Bitte, Sepp!«, sagte sie noch einmal. »Mal sehen«, sagte er. Dann blieb er still, wie alle. Und das Warten auf den Helikopter war wie das Warten auf ein Wunder.

Dann sprang Sepp auf.

»Wo gehst du hin?«, rief Juri, als Sepp bergabstolperte, und lief ihm nach. »Seilbahn«, sagte Sepp. »Zu der Toten?«, fragte Juri. Nein, da gehe er bestimmt nicht rein. Hinter der Station sei ein Holunder, und darunter liege ein Kanister. Zumindest habe er da vor einiger Zeit noch gelegen. Und das sei ihm erst jetzt eingefallen. »Vielleicht ist noch was drin!« Sie rannten. »Für ein Feuer?«, keuchte Juri. Sepp blieb kurz stehen. »Tische, Stühle aufeinander, Sprit drüber – und paff!«, sagte er und rannte weiter. Endlich gab es etwas zu tun und zu hoffen, das war eine Kraftspritze, Juri spürte, wie sie im ganzen Körper einfuhr. Und auch das Laufen tat gut, machte ihn leicht. Dieses Warten und Hocken und Liegen war inzwischen kaum mehr auszuhalten.

Diese Unglücksbrühe.

Diese gestörten und verletzten Typen. Amai hatte ein Feuerzeug, das hatte er gesehen. Er wollte versuchen, die Stühle vor dem Anzünden auf den großen Steinbrocken kaputtzuschlagen, Kleinholz gab es ja nicht. Sie waren über der Baumgrenze, warum wuchs da überhaupt ein Holunderbaum? Es war kein Baum, nur ein Gebüsch, auf das Sepp hastig zuging. Juri sah zu, wie er die Zweige zur Seite schob, und wahrhaftig, da lag etwas Blaues: der Kanister. Bitte, bitte, dachte Juri, bitte, bitte, sei nicht leer. »Halbvoll!«, sagte Sepp und drückte den Kanister an die Brust wie ein geliebtes Hündchen. Das ist Glück, dachte Juri. Dass ein halbvoller Kanister Glück sein kann, das ist so was von schräg. Und dass hinter dem Holunderbusch eine Mauer ist und hinter der Mauer eine Leiche, das ist so was von furchtbar. Sepp schwenkte den Kanister, ein Schwappen war zu hören. »Hoffentlich ist es nicht Wasser!«, sagte Juri. Sepp sah ihn erst böse an und streckte ihm dann den Kanister entgegen: »Da, nimmt und riech mal.«

Und so war es Juri, der den Kanister zurück zum Berghau trug, und als er ihn da fast feierlich ins Gras legte, wurden sie gleich umringt, und Juri kam sich wie ein Sieger vor. »Feuer«, sagte er. »Tische, Stühle aufeinander, Sprit drüber – und paff!« Sepp lachte ihn an.

Den Kanister habe der Forstwart dort deponiert, erzählte Sepp, der brauche den Sprit für seine Kettensäge, wenn er die Bäume in der Bahnschneise kontrolliere. Vielleicht habe der Kanister schon seit dem letzten Herbst hiergelegen, aber soviel er wisse, mache die Winterkälte dem Zweitaktbenzin nichts aus. »Dann nichts wie los«, sagte Juri, »her mit den Möbeln.« »Aber gezündet wird erst beim Eindunkeln«, erklärte Sepp.

Den ältesten Stuhl wollte Gret nicht hergeben. »Der ist noch vom Franz, da hat er drauf gesessen, als er uns die Hütte verpachtete, da schaut, an der Rückenlehne sind seine Initialen im Holz.« Der drehe sich im Grab um, wenn sein Stuhl brenne, sagte sie. Worauf Sepp meinte, es liege wohl zu viel Schutt auf dem Grab, da drunter könne sich keiner mehr umdrehen. »Ha, ha«, sagte Gret. Sie fand es falsch, dass sich Sepp so großmaulig benahm, nur weil er diesen Kanister gefunden hatte. Überhaupt hätte es ihm schon früher einfallen können, dass der im Holunderbusch lag. Dann wären sie vielleicht schon gestern gefunden und geholt worden. Wütend schob sie den alten Stuhl wieder zurück an seinen Platz. Warum regte sie plötzlich alles so auf? Warum dachte sie, die Amai mache dem Sepp schöne Augen? Weil es so war. Weil es einfach so war. Sepp nahm sich besser in Acht. Sie, Gret, war neun Jahre älter als er und neun Jahre vernünftiger. »Manze« nannte er sie manchmal, lass dich drücken, meine Manze. Sie war keine Emanze, sie wollte keine sein, und sie sah nicht so aus. Sie mochte es nicht, wenn im Fernsehen Emanzen über die Männer herzogen, sie,

Gret, mochte Männer. Männer waren direkter und ehrlicher, auch einfältiger und darum durchschaubarer. Das sogenannte Kind im Manne wollte gestreichelt werden. Gret streichelte gern. Und was die Emanzen konnten, nämlich Zähne blecken und sich wehren für gleichen Lohn und gleiche Rechte, das konnte sie auch. Sie ließ sich nicht alles gefallen. Wenn sie nur länger zur Schule gegangen wäre und so reden könnte, dass es gescheit klingt. Es war ihre Mutter, die das verhindert hatte. Und jetzt saß Tochter Gret halt an der Kasse und verdiente einen mageren Lohn, und Sepp war froh drum. Immer wieder hatte sie ihm geholfen, ihm Geld zugeschoben und ihn von dummen Entscheidungen abgehalten. Wenn sie nicht gewesen wäre, hätte er sein Elternhaus für ein Schmalzbrot verkauft und säße jetzt auf der Straße. Ja, ein kaputtes Haus, aber trotzdem. Und wenn sie nicht gewesen wäre, hätte er nicht endlich seine Stelle in der Kantonsschlachterei gekündigt, sondern stünde nach wie vor Tag für Tag dort im Blutdunst. Und wenn sie nicht gewesen wäre, wäre aus Franz' Hütte kein Berghau geworden. Der ist jetzt kaputt, aber Sepp *ist* jemand, ist der Berghau-Sepp und hat Respekt eingeheimst. Und jetzt, mitten in diesem Chaos hier, straft er sie ab, lässt sie spüren, dass sie alt ist und falschblond und schwer wird. Jetzt turtelt er mit der jungen schlanken eingebildeten Amai. Er soll sich besser in Acht nehmen. Sonst kann sie ihn entsorgen wie einen ausgebeulten Kochtopf. Und dann? Dann ist sie allein. Nicht mutterseelenallein, nein, leider nicht. Einfach allein und einsam. Alleinsam. »Sepp, hast du ein Feuerzeug?« »Nein, aber

Amai.« Amai wieder. Gret setzte sich neben Mio und sah zu, wie die andern versuchten, einen Tisch durchs Fenster zu heben. Das ging nicht, zu breit. Mio nahm ihre Hand. Ein Schuss Freude für Gret. Sie streichelte Mios Hand, die heiß war und zitterig. »They make fire«, sagte Gret. »So help come.« Mio nickte. Sepp und Erwin banden den Tisch mit einem Seil fest und schoben ihn durch die Tür. Woher hatten die plötzlich ein Seil? Von draußen jetzt lautes Rufen und Fluchen. Man versuchte, den Tisch auf den Ruinen der Terrasse um die Hausecke zu ziehen. Gret ließ Mios Hand los und stellte sich ans Fenster. Sie sah den abgewandten Wolf, wie er ins Gras pinkelte. Sie sah Amai, die hinter Sepp am Seil zog, nein, sie zog nicht, sie hielt das Seil wie eine Hundeleine. Sie sah den Hund, der an Wolfs Schuhen schnupperte. Sie sah Erwin, der sich erschöpft fallen ließ, und Juri, der an allen Tischbeinen rüttelte. Keines wackelte. Wie wollten die den Tisch zerkleinern? Mit Sepps Taschenmesser vielleicht? »Saki!«, rief Gret, worauf diese sogleich aufs Fenster zukam und sich daranmachte, hereinzuklettern. Sie setzte sich wie ein braves Kind wieder neben Mio.

Ist das ein Flugzeug? Nein, ein Vogel, ein Adler. Als er sich näherte, sah Erwin deutlich die breit gefächerten Flügel. In der sechsten Klasse hatte er einen Vortrag über den Steinadler gehalten. »Er schlägt seine Krallen direkt in den Kopf der Beutetiere.« Das war der Schlusssatz, und der Lehrer hatte geklatscht. Lehrer Aregger, was der wohl macht. Was werde ich machen, wenn ich alt bin, dachte Erwin. Noch fünfunddreißig Jahre Deutschlehrer, und dann. Fünfunddreißig Jahre, ist das zu fassen? Segeln wie ein Adler, das wär's. Jetzt abheben, aufsteigen und sich tragen lassen durch die Lüfte, das wär's. Kleiner werden und verschwinden im Äther, das wär's. So ein Kitsch. Die Lüfte, der Äther. Erwin Sieber, bleib am Boden. Das Leben ist keine Deutschstunde. Möchtest du vielleicht einen Sturzflug machen und deine Krallen in eine Maus drücken und das zerfetzte Fellfleischding herunterwürgen. Hä, Erwin Sieber? Müsstest du nicht mal deine Denke etwas entschönen? Deine Ansichten etwas ausnüchtern? Jetzt wär die Gelegenheit dazu, jetzt in diesem Loch der Verzweiflung, oder anders gesagt, Erwin Sieber: in dieser verfluchten Scheiße. Der Adler war weg. Amai schrie auf, weil etwas krachte. Juri zerschmetterte auf einem Steinbrocken einen Stuhl. Zumindest war ein Bein ab. Erwin stand auf und griff sich einen Stuhl. Was Juri konnte, konnte er auch. Er wollte den Stuhl gegen das kleine Felsstück schleudern, aber der prallte am Boden auf und flog Sepp ans Bein. »Geht's noch, gopfertami!« Sepp ließ eine Fluchsalve los. Erwin schickte eine schwedische Salve hinterher. Was Sepp konnte, konnte er auch. Die sollten nicht meinen, er sei nichts als ein grüner Trottel und netter Trampel. Er schlug und schlug mit dem Stuhl auf das Felsstück ein – und auf alles, was ihn bang und bitter und böse machte.

Amai legte ihm die Hand auf den Arm. »Hör auf, der Sepp ruft wieder.« Tatsächlich stand Sepp bereit, den Blick talwärts, den Trichter vor dem Bauch. Eigentlich sei es zwei Stunden zu früh, sagte er und legte los.

»Ave ave ave

Wir sind oben im Berghau.
Sankt Anton und Sankt Wendelin
gebenedeit und amen
Holt uns
Heilige Dreifaltigkeit, holt uns
wir sind gefangen im Berghau
im Berghau, im Berghau
bei Amstadlers Sepp im Berghau
Hilfe, wir brauchen Hilfe
für Kranke und Gsunde und Tote
hört uns, holt uns, ave.«

Er hat die Tote noch eingebaut, dachte Erwin. Für Wolf war das ja wohl kaum auszuhalten. Aber es hatte sich schön angehört, der Singsang erinnerte an die Gregorianik. So etwas durfte er aber nicht sagen. Sonst wirkte er wieder überheblich: Da schaut her, der grüne Heini gibt sich gebildet. Er sah, wie Amai voller Bewunderung zu Sepp blickte. Gefiel ihr der Typ jetzt etwa? Gestern hatte sie noch die Nase gerümpft über den Goldkettchenkerl. Er solle diesen Ruf jede Stunde einmal machen, sagte sie. »Bitte, Sepp.« Erwin fuhr wieder fort, den Stuhl kaputtzuhauen, dabei traf er sich selbst am linken Auge. Der Schemel fiel ihm ein, den er nach dem Vater geworfen hatte, als der einmal mehr auf Mutter losging. Wie alt war er da gewesen, sieben? Der Schemel war nur zwei, drei Meter weit geflogen und hatte Vater nicht getroffen. Aber die Drohgestalt des Vaters, wie sie langsam auf ihn zukam und dicht vor ihm stehen blieb, die vergaß er nie mehr. Und nie mehr griff das Kind Erwin ein. Es lernte zu hassen, und es weinte, als der Vater starb.

Wenn sie zu Hause waren, wollte er Hedda schreiben, einen richtigen Brief, mit dem Füller, den sie ihm geschenkt hatte. Für wen ist der Brief, würde Amai wissen wollen, wer ist das, diese Hedda? Bis jetzt hatte sich Amai noch nie eifersüchtig gezeigt. Er war es, der an Eifersucht litt. Manchmal spürte er sie wie einen Stoß Heißluft. Es störte ihn, er wollte nicht eifersüchtig sein, er sagte sich, Eifersucht sei lächerlich, billig, einfältig.

Er hatte den Stuhl in sechs Stücke gehauen, nicht schlecht. Juri war es gelungen, eines der Tischbeine loszubekommen. Wolf versuchte, einen Hocker auseinanderzuschrauben, dabei brach der Schraubenzieher vom Taschenmesser ab. Sepp zerlegte die Deckenlampe aus Japanpapier. »Lampen sind zum Anzünden da«, sagte er, und Amai lachte. Zu laut für so einfachen Blödsinn, fand Erwin.

Ich nehme sie mit nach Hause, dachte Wolf. Ich werde mit Sola heimgehen. Ich brauche diesen Kopf zum Streicheln, ich gebe ihn nicht mehr her. Sola, Hundefrau, bleib bei mir. Dass sie jemand anderem gehörte, war ihm egal. Hunde konnten gar nicht gehören. Hunde waren eigenständige Wesen. Das ganze Herr-und-Hund-Getue war falsch. Auch Bäume konnten nicht jemandes Besitz sein. Da hatte der alte Indianerhäuptling recht gehabt, wie hieß er schon wieder. Das biss sich mit dem Nachbarrecht, an dem er, Wolf, gerade arbeitete. Alle gartenbezogenen Paragraphen der Deutschschweizer Kantone sollten einander angeglichen werden. Sein Professor hatte bloß müde gelacht, als Wolf den Indianerhäuptling zitierte. »Wir gehören alle jemandem, Herr Lehmeier«, hatte er gesagt. »Im schlimmsten Fall gehören Sie der Ehefrau, so Sie eine haben.« Wolf hatte Lara nichts davon erzählt. »Willst du mich heiraten?«, hatte er gefragt. »Warum?«, fragte Lara. »Nur so. Ich hätte dann eine Ehefrau.« »Ich will nicht«, sagte Lara.

Lara wollte nicht, wollte doch, wollte nicht. Es ist schön, wollen zu können, hatte sie einmal gesagt.

Wolf streichelte. Amai kam und kauerte sich hin, um mit ihm zu streicheln. Sola ließ es sich gefallen. Abwechselnd strichen Wolfs und Amais Hand über die seidige Hundestirn. »Sie frisst Ziegendreck«, sagte Amai.

Wolf sah zu, wie Sepp, Erwin und Juri sich mit Tisch und Stühlen abmühten. Keiner machte eine Bemerkung, Wolf solle auch was tun. Wahrscheinlich dachten sie, jemanden in Trauer dürfe man nicht um etwas bitten. Seine Schrammen taten weh, sie hatten sich entzündet, die ganze linke Flanke war inzwischen rot und heiß. Gestern Abend hatte Lara noch gesagt, man müsse das desinfizieren. Er hatte bloß gelacht. Desinfizieren. Und jetzt war sie tot. Lag unter einer karierten Tischdecke, zusammengekrümmt wie eine Mumie in Pompej. Wie lange hatte er neben ihr gesessen? Er hatte nur ihr Haar angefasst. Immer wieder. Das feine blonde Kräuselhaar. Vielleicht lag sie inzwischen nicht mehr so gekrümmt da. Vielleicht war sie schlaff. Er wusste nicht, wie das mit Toten war. Zum Glück waren ihre Augen geschlossen gewesen, Laras erloschenen Blick hätte er nicht ausgehalten. In Filmen strichen sie einem Toten einfach mit der flachen Hand über die offenen Augen – und zu waren sie. Lara hatte Szenen mit Sterbenden und Gebärenden gemocht. Da schaute und hörte er immer weg. Vielleicht sollte er sein T-Shirt ausziehen, damit es nicht an den Wunden scheuerte. Aber dann kamen die andern und starrten und gaben Kommentare ab.

Er hätte nur eines gewollt: eine Ecke, wo er allein war. Die gab es hier nicht.

Die Sonne war längst weg, aber auf den Gebirgsketten hinter der anderen Talseite glänzte und gleißte noch alles, der Fuhrstock und die Schwalmhörner waren goldgelb beleuchtet, fast festlich sah das aus. Bei Gret hatten mindestens zehn dicke goldgelbe Kerzen gebrannt, als er sie das erste Mal besuchte. Als er »Oho« sagte, wurde sie ein bisschen verlegen und sagte, das sei Ausschussware vom Supermarkt, Duftkerzen, schlecht zu verkaufen, weil nicht mehr in. Es roch dann auch ziemlich. Sie gingen nicht ins Bett, sondern rollten über den Schaffellteppich, und Gret lachte, als er ihren Hügeln Namen gab, bevor er sie bestieg: vorne das Busenhorn und die Brustifluh und hinten die Wackelalpen. Bei seinem zweiten Besuch brannten keine Kerzen mehr, dafür lief der Fernseher.

»Punkt sieben zünden wir es an«, sagte Sepp und streckte die flache Hand aus, damit Amai ihr Feuerzeug drauflegte. Amai begriff und holte es sofort aus der Hosentasche. Der Holzhaufen sah seltsam aus, die Tischplatte war noch ganz, stand schräg auf zwei Beinen, und um die herum waren die kaputten Stühle aufgeschichtet, wie Relikte einer wilden Schlägerei im Saloon. »Zunder«, sagte Sepp, »Gret, hast du was?« »Nein, ich habe nichts.« »Du hast doch sicher irgendwo ein Stück Tuch oder so.« »Willst du, dass ich mein T-Shirt ausziehe? Nur, dass du's weißt, ich laufe hier nicht im BH rum.« »Wär aber geil.« Sepp spürte, wie er in Form kam. Erwin sagte, in Schweden hätten sie Birkenrinde genommen, man brauche nur wenige dünne Streifen, das brenne fabelhaft. Ich lass dich einfach mal faseln, dachte Sepp. »Siehst du hier irgendwo eine Birke?«, rief Juri. Sepp lachte schadenfreudig. Der Hund legte sich unter die schräge Tischplatte. »Hau ab«, sagte Sepp, »oder du schmorst auch.« Wolf rief etwas, das hörte sich an wie Idiot. Oder: Sie ist tot. Aber jetzt rief er: Sauhund. Meinte er den Hund? Oder ihn, Sepp? Egal. Den musste man rufen lassen, der war nun wirklich beschissen dran.

»Ich hab etwas geholt«, sagte Amai. Das habe sie im Rucksack gehabt, ein T-Shirt zum Wechseln. Sie hielt es vor sich hin, als wollte sie sich im Spiegel damit ansehen. Es war rosa, mit weißen Bäumen vorne drauf. »Sind das Birken?«, sagte Sepp. Er war voll gut drauf. Wenn das Feuer schön zustande kam, würde man es vom Hang auf der anderen Talseite sehen. Falls da überhaupt jemand war, ein Wanderer, ein Hirte, der von der Rutti-Lücke runterstieg. Zwar dauerte es noch ein paar Stunden bis zur vollen Dunkelheit, aber der Berghau lag im Schatten, und ein stark loderndes Feuer musste zu erkennen sein. Länger konnten sie nicht warten. Wenn es dunkel war, würde man keinen Rettungsheli mehr losschicken. Sepp untersagte es sich, an Amais T-Shirt zu riechen, er machte umgehend so etwas wie ein Nest daraus, klemmte es zwischen die Stuhlbeine und öffnete den Kanister. Juri stand tänzelnd daneben.

Sofort schossen die Flammen hoch. Gret klatschte, dann auch Erwin und Amai, der Hund erschrak und duckte sich neben Wolf ins Gras. Zwei der Stuhlbeine fingen richtig an zu brennen. »Ikea«, sagte Gret. Eins der Tischbeine begann zu glimmen. Zwei weitere Stuhlbeine zeigten Flämmchen. Sepp goss Benzin nach. »Pass auf«, sagte Erwin. Sepp nahm es ihm nicht übel. Er hatte ja recht. Benzin ins Feuer, das hieß aufpassen. Camenzinds Vreni hatte sich so bei einem Picknick das halbe Gesicht verbrannt, sah aus wie zerknautschtes Leder, und wenn sie lachte, ging der rechte Mundwinkel nicht hoch. Als Juri eins der noch nicht brennenden Stuhlbeine zurechtschob, stürzte der Stapel um ein Drittel ein, und die Flammen wurden kleiner. »Lass das!«, sagte Sepp und spürte, wie er wütend wurde. Dieses Feuer bestimmte, ob sie noch eine weitere Nacht hier verbringen mussten. Die Japanerin mit dem roten Kopf machte Sepp echt Sorgen. Und was, wenn Wolf durchdrehte? Der benahm sich seltsam in seiner Trauer. Hatte er überhaupt geweint?

Amai schaute ins Feuer und redete jedem Flämmchen zu: Bleib, geh nach rechts, mach dich groß. Sie wusste nicht, ob ihr Gesicht wegen des Feuers so heiß war. Wenn sie ein paar Schritte zurückging, konnte sie immer noch ein Lodern hören, es war in ihr, das Lodern, und machte ihre Gedanken flackrig wie erhitzte Luft. Was war, wenn sie wieder nach Hause kamen? Würde es mit Erwin wieder sein wie vorher? Gutundnettundeinfach? Es schien, als sei mit dem Berg auch zwischen ihr und Erwin etwas eingestürzt, und das Etwas lag da nun wie ein Schuttkegel. Der musste weggeräumt werden, von ihr, von ihm. Aber solange sie Sepps Blicke auf sich spürte, ging das nicht. Hier oben ging das nicht, und sie wollte es nicht. Nie hätte sie gedacht, dass sie sich von einem wie Sepp in eine solche Unruhe versetzen ließe. So ein Sonnenverbrannter, mit gebleichtem Haar, einem Tattoo, einem Goldkettchen, mit seinen Flüchen und den Muskeln, die unter der Haut turnten. Mit so einem Sepp hätte sie nicht mal im gleichen Haus wohnen wollen. Amai Steidel, lic. phil., die Cello spielte, vegetarisch aß, geschmackssicher einkaufte und sich einen Erwin für gehaltvolle Gespräche hielt. Ich, Amai Steidel, dachte Amai, bin nicht Amai Steidel, sondern das Bild von Amai Steidel, das ich mal entworfen habe. Und Erwin, was ist Erwin? Erwin ist Erwin. Erwin ist ein Langweiler.

Das Feuer flammte wieder heftiger, die Stuhlbeine glühten. »Hände weg«, sagte Sepp zu Juri, »nichts verändern jetzt.« Juri tat Amai leid. Er wirkte so jung, war er ja auch, und fühlte sich wohl beleidigt. Nichts unternehmen zu dürfen, nicht mal einen kleinen Versuch, die Flammen zu schüren, das musste ihn verstören. Aber hier und jetzt hatte Sepp das Sagen, er hatte das Benzin gefunden, er hatte seine Möbel hergegeben, er wusste, von wo aus der Berghau zu sehen war, er war der große Sepp, Punkt, und ihm war heiß geworden, sodass er sein Hemd über den Kopf zog und allen seinen Bauch zeigte, einen unbehaarten, leicht gebräunten Bier- und Butterbauch.

Gret hatte alle verbliebenen Flaschen nach draußen in den leeren Brunnentrog gebracht. »Mio weint wieder«, sagte sie und verteilte Fanta. »Cola ist alle und vom Bier sind noch acht da.« Das Verteilen von Flaschen hier am Feuer passte irgendwie nicht, es sah aus, als wäre ein lustiges Picknick im Gang, und Erwin sagte dann auch: »Und wo sind die Würste?« Gret streckte ihm die Zunge raus.

»Ich setze mich ein bisschen zu Mio«, sagte Amai und kletterte durchs Fenster. Drinnen roch es schlecht, trotz des offenen Fensters, ein Dunst aus Durchfall und Schweiß. »Thank you«, sagte Saki, als sich Amai neben Mio niederließ, »I go and get fresh air.« Mios Gesicht hatte sich verändert, eben noch war es doch hochrot gewesen, jetzt war es blass, mit bläulichen Schatten, nur die Augen waren rotgerändert, wie ummalt für eine Maskerade. Krank sah sie aus, voll mit Weh und kaputtgeweint. Amai nahm Mios Hand. Und der leichte Druck der leichten Hand versetzte sie zurück ans Bett von Großmutter. »Geh ein Weilchen und halt ihr die Hand«, hieß es damals. Wochenlang: »Geh ein Weilchen und halt ihr die Hand«. Großmutter starb einfach nicht. Da war sie, Amai, zwölf und hieß noch Annemarie, und ihr Bruder Klaus war zehn und weigerte sich, Großmutters Hand zu halten. Es war eine kurzfingrige blasse Hand, und die vielen blauen Venen waren wie Wege auf einer Wanderkarte. Großmutter schien es zu mögen, wenn man ihre Hand hielt. Sie zog sie nie weg. Sie sagte, schön, dass du da bist, oder so etwas. Amai konnte sich nicht erinnern, dass sie sonst noch etwas gesagt hätte. Als die

Großmutter niemanden mehr erkannte, wurde sie in ein Heim gebracht und von Handhalten war nie mehr die Rede. Sie starb ein, zwei Jahre später, und man fand Papiere mit ihrer Schrift, Aufzeichnungen ihres Lebens. Die gehörten jetzt Amai. Und sie verstand immer noch nicht, wie eine Frau, die mal um die Welt gereist war, in Uruguay eine Schule gründete, in Florida einen Mann suchte, damit er ihr Kinder mache, die Kinder alleine aufzog und danach noch eine Ausbildung zur Drogistin absolvierte, wie so eine Frau zum Schluss nichts anderes mehr zu sagen wusste als: schön, dass du da bist. Vielleicht werde ich irgendwann vergessen haben, dass ich mal in den Bergen eingeschlossen war und damit rechnete zu sterben. Vielleicht werde ich mal vergessen haben, wie der Mann hieß, der mich begleitet hatte, und wie der Mann hieß, der mich heimlich umarmt hatte. Ich werde ein Tuch über meinen Kopf ziehen, das Tuch des Lebens, und vielleicht wird es rot-weiß kariert sein.

»Help come?«, fragte Mio. Ja, Hilfe komme bald, log Amai, noch ein bisschen Geduld. Es gelang ihr, Mio zum Sprechen zu bringen, ganz sachte wie beim Mikadospiel tippte sie eine einzelne Frage an und nahm die knappe Antwort vorsichtig an sich. Nach und nach entstand ein Bild von Mio, das etwas anderes zeigte als eine fiebrige, verletzte, dumme, kleine Touristin. Amai wäre am liebsten gleich zu den andern ans Feuer gegangen, um zu erzählen, was sie Neues wusste, aber sie zwang sich, sitzen zu bleiben und weiterhin die Hand zu halten. »Geh ein Weilchen und halt ihr die Hand.« Sie würde gern einmal nach Japan reisen, sagte sie. Sie liebe japanische Filme, und Erwin, ihr Partner, schenke ihr immer wieder Bücher über japanisches Design. Aber für so eine Reise müsse sie erst einmal sparen, demnächst trete sie eine neue Stelle an im städtischen Schulamt, da arbeite sie an Weiterbildungsmöglichkeiten für Lehrpersonen, further training opportunities for teachers. Mio hörte mit geschlossenen Augen zu, oder schlief sie? Zentimeter für Zentimeter zog Amai ihre Hand weg, ja, Mio schlief, und Amai kletterte so leise sie konnte aus dem Fenster.

Sie machte sich also wieder mal wichtig, diese Amai, kommt aus dem Haus, sagt, hört alle mal her, und schon scharten sich die Mannsbilder um sie herum. Gret lehnte sich an Sepp, während Amai erzählte: Mio habe in einem Geographie-Quiz im Fernsehen eine Reise gewonnen, für zwei Personen, und habe ihre Freundin Saki mitgenommen. Sie habe keinen Freund. Von ihrer Familie lebe nur noch die Mutter. Alle andern seien an der gleichen Krankheit gestorben, irgendeine So-und-so-Infektion. Sie sei einundzwanzig und arbeite in einem Internetversandhaus oder so ähnlich, internet mail order company. Sie habe Angst vor dem Sterben. Saki sei verlobt, mit einem widow, der schon ein Kind habe. Der war nicht einverstanden, dass Saki diese Reise mache. Sie waren in Luzern und jemand sagte etwas von den Bergen hier. Die wollte sie sehen, bevor sie weiterfuhren. Saki wolle nach Rom.

»What do you say?«, sagte Saki.

Amai strich Saki über den Rücken.

»Und du glaubst das alles?«, fragte Gret. »Ein Geographie-Quiz?« »Warum nicht?«, sagte Sepp. Ja, klar, dachte Gret. Sepp hielt dieser Amai natürlich die Stange. »Fragt mal Gret«, sagte Sepp, »was die Hauptstadt von Polen ist, dann sagt sie Prag.« Gret sah, dass Juri lachte. Sie wurde immer wütender. Was war es denn, wenn nicht Prag? Was dachte sich Sepp eigentlich? Sie lasse sich vor allen lächerlich machen? »Fragt mal Sepp«, sagte sie, »nach der Wurzel aus Hundert, dann holt er einen Spaten und will sie ausstechen.« Sie merkte, wie Sepp sie wegschob, und diesem Moment fiel das Feuer in sich zusammen. Der Tisch war eingeknickt und auf die brennenden Stuhlbeine gefallen, Rauch stieg auf.

Juri schrie. »Neiiiin!« Er beugte sich in den Rauch und zog die Stuhlbeine auseinander. Sepp rief: »Lass das«, worauf Juri eins der halbverglühten Beine in Richtung Sepp warf. Und dann noch eins in Richtung Erwin, der eingreifen wollte. Nicht mehr gut, dachte Gret, er flippt aus. Und tatsächlich warf Juri umher, was noch nicht brannte, und kickte mit beiden Beinen ins Feuer, dass die Funken stoben. Dazu schrie er, nein, nein, nein. Gret sah Amais fassungsloses Gesicht. Wenigstens einmal hält sie ihre große Klappe, dachte Gret. Ja, das war ihr Sepp, so wie er Juri nun packte und ihm die Arme auf den Rücken bog. Er zog ihn mit Hilfe von Erwin zum Haus, und sie stießen ihn durchs Fenster. »Rein mit dir, gopfertami.«

»Und jetzt?«, fragte Erwin. Wir werden immer weniger, dachte er, einer verschwunden, eine tot, einer übergeschnappt. »Jetzt machen wir das Feuer neu«, sagte Sepp,

»und werfen den Verrückten rein.« Erwin war nicht wohl, dass er nun mit dem primitiven Sepp paktieren sollte. Sie lasen die schmauchenden Holzstücke auf, die Juri umhergeworfen hatte, und schichteten alles wieder aufeinander. Erwin holte ein Stück Zeitung aus dem Rucksack und reichte es Sepp. Der schimpfte etwas von Auchfrüherdamitkommenkönnen und knüllte es zusammen. Erwin hatte die Zeitungsseite aufbewahrt wegen eines Artikels über sprachliches und nichtsprachliches Denken und ob es überhaupt ein Denken ohne Sprache gab. Das war vorgestern gewesen, also vor hundert Jahren, auf der Fahrt im Postauto. Sepp schüttelte seinen Kanister. »Fast leer«, sagte er. Langsam, langsam wurde das Feuer wieder lebendig, der Rauch verschwand, das Knistern hörte sich gut an. Erwin sah sich nach Amai um, wollte den Arm um sie legen, aber sie saß bei Wolf und streichelte den Hund. Etwas war mit Amai. »Und ging auch alles um und um – in dir, in mir, ich lieb' dich drum.« Fontane. Immer mal wieder tauchte er auf. Na ja, Liebesgedichte waren nicht gerade Fontanes Stärke gewesen. Damit konnte er, Erwin, bei Amai nicht punkten. Sie fand sowieso, Fontane sei bloß ein Plauderer, alt und altmodisch. Sie verstehe nicht, warum er ihn für seine Doktorarbeit gewählt habe. Hatte er nicht. Das war der Vorschlag des Professors gewesen, und Erwin hatte dem Professor gefallen wollen. Und jetzt war Fontane in ihm drin wie süße Muttermilch. Er ließ sich Fontane nicht von Amai schlechtmachen. »Ich lieb' dich drum, weil du mir bliebst – ich lieb' dich drum, weil du vergibst …« Das Feuer kam nicht mehr richtig hoch. Der

Kanister war leer. Amai streute trockene Grashalme in die Glut. Gret kniete sich nieder und blies. »Alles seine Schuld«, sagte Sepp und meinte Juri, von dem man keinen Ton mehr hörte. »Nein«, sagte Erwin. »Das hat von Anfang an nicht funktioniert, dieses Feuer, wir hätten es wissen müssen.« Er solle endlich aufhören mit seinem Getue, sagte Sepp. »Besserwisser nützen hier nichts.« Gret nickte, Wolf legte die Arme um sich, als ob er friere, Amai streichelte wieder den Hund.

»Ich lieb' dich – ach, warum ›Warum‹? – Und blieb' auch meine Lippe stumm – ich lieb' dich drum, weil du mich liebst.« Fontane, alter Herr, bleib bei mir. Erwin spürte, dass Tränen kamen. Hastig zog er die Papierserviette aus der Hosentasche und drückte sie auf die Stirn, so als müsste er den Schweiß wegwischen. Weinen ging jetzt nicht. Nicht vor Sepp, nicht vor den anderen. Wenn einer weinen durfte, dann Wolf. Oder die Japanerin drinnen im Haus. Er hatte keinen Grund. Er lebte, auch Amai, und außer dem Auge tat ihm nichts weh.

Wann hatte er zuletzt geweint? Wusste er nicht. Wahrscheinlich vor dem Fernseher, bei irgendeinem Schnulzenschluss.

Die hatten ihn so heftig durchs Fenster gestoßen, dass er drinnen auf den Boden fiel. Die Japanerin sah zu, wie er aufstand und sich die Knie rieb, und schloss die Augen. Sie sah so aus, als hätte man sie für einen Film krankgeschminkt. Juri stellte sich ans Fenster. Diese Scheißbande da draußen. Am liebsten hätte er eine um den anderen mit einem gewaltigen Stoß in die Tiefe befördert. Am schlimmsten war der Große, der Sepp. Als sie zusammen den Kanister geholt hatten, war er noch knapp nett gewesen. Aber jetzt spielte er den King, und wusste nicht, wie saudumm er war. Hatte der in seinem Leben überhaupt schon mal allein ein Feuer gemacht? Und der Lange, der Erwin, war völlig unbrauchbar und gab sich wer weiß wie wichtig. Kein Wunder, dass der Lehrer war. Und die Weiber, die konnten nur ihre Typen anhimmeln. Es war nicht auszuhalten. Er wusste jetzt, was mit Durchdrehen gemeint war. Er spürte es, dieses Durchdrehen, da war etwas in ihm, ein eingesperrter Schrei. Wenn er nur allein wäre, allein zu warten würde ihm nichts ausmachen, er würde sich einfach unter den Sternenhimmel legen und hungern. Allenfalls noch mit Wolf zusammen. Weil der nichts mehr sagte und nichts mehr machte.

Er stand am Fenster und sah, wie sie die Köpfe zusammensteckten. Was sie sagten, verstand er nicht, wollte er gar nicht wissen. Das Feuer war am Ausgehen. Der Hund lief auf dem kleinen Pfad davon Richtung Seilbahn, Richtung Leiche, fraß wohl wieder Ziegendreck. Jetzt holte Sepp den Milchtrichter von der Wand, die anderen setzten sich ins Gras.

Das war neu in Sepps Sermon, dachte Wolf, dieses »heilige Maria und Frucht in deinem Leibe«, das war das letzte Mal nicht drin gewesen. Breitbeinig stand Sepp da, während er rief. Als er das erste Mal »Ave« gerufen hatte, war Lara noch da gewesen, lebendig, sie hatte vor ihm gesessen, sich eine Fliege aus dem Nacken gewischt, war sich durchs Haar gefahren, das helle, feine Gekräusel. Es war lächerlich, was Sepp da machte, sein Betruf war allenfalls für ein Murmeltier zu hören, weiter reichte der nicht. Es war lächerlich und zugleich fürchterlich. Fuhr ein wie ein süßes Gift und brannte, und Wolf erschrak, dass der Ruf ihn so erschütterte. Als sei er ein Hirtenkind und sehe eine Maria mit Frucht in ihrem Leibe, strahlenumkränzt. Was für ein Hokus, was für ein Pokus, was für ein irrer Zustand. Wolf sah, dass die zierliche Japanerin, die wie ein Schnaps hieß, reichlich verstört die gekreuzten Hände auf die Brust drückte. Die wusste wohl auch nicht, wie ihr hier geschah, was dieser Jammersong sollte, warum diese ungeschlachten Gestalten in beklemmender Andacht erstarrten. Wolf erinnerte sich, wie er in Indien seine Reisegruppe verloren hatte und an das Gefühl der Hilflosigkeit, als die Dorfbewohner auf ihn einredeten, Münder voll Spucke und fremder Sprache. Etwa so hilflos mussten sich die beiden Japanerinnen vorkommen, zwei überflüssige Wesen, zwei Statistinnen am Rand einer Tragödie. Niemand sprach mit ihnen, oder nur für die Dauer von drei, vier Sätzen. Von der zweiten Japanerin, der mit dem kaputten Bein, hatte Amai zwar einiges herausbekommen, grad so viel, dass es für ein leicht verächtliches Bedauern reichte. Aber einbeziehen würde man sie nicht, die zwei, weder in Pläne noch in Beschlüsse, noch in frommes Abrakadabra. Nun, an ihm war es nicht, sich um die beiden zu kümmern, er hatte eine tote Frau.

Wolf presste die Fäuste auf die Augen.

Es glomm zwar noch ein klein bisschen, aber aus dem Feuer wurde nichts mehr, Schluss, fertig. Sepp trat die restliche Glut aus. Was für eine Schlappe für den König. Am liebsten wäre er davongelaufen, um irgendwo zu weinen. Neun Uhr, bald kam die Dunkelheit, die Chance war vertan, und die Schrecken einer zweiten Nacht rückten bedrohlich näher. Sepp hatte schon oft eins aufs Dach bekommen, hatte schon oft ausgehalten, dass man Verachtung über ihn ausleerte wie Gülle. Diesmal war es schlimmer. Diesmal war es nicht auszuhalten, diesmal musste er losgehen auf jemanden. Aber auf wen? Der mit der toten Frau hockte im Abseits. Den Jungen, Juri, hatte er bereits ins Haus gesperrt. Auf den langen Erwin konnte er erst einprügeln, wenn der wieder so was Hochgestochenes von sich gab. Und die Frauen machten ihm Angst. Gret gab sich giftig, und Amai erhoffte sich wer weiß was. Seppdepp, Seppdepp hatten sie in der Schule gerufen. Er musste sie verprügeln, dann hörten sie für eine Weile auf. Wenn du schlägst, schlägst du Jesus, hatte seine Mutter gesagt, hör auf damit. Er hatte damit aufgehört. Aber jetzt war die Lust darauf wieder da. Seppdepp, du hast versagt. Sie holen uns nicht, heute nicht, wir müssen uns für eine weitere Nacht ins Hotel Sepp legen.

Wie Wasserwogen schienen die Bergketten näherzurollen, der schwarzviolette Himmel war am Horizont gelb gesäumt, es roch nach Rauch, aber da war keiner. Erwin legte sich hin und wartete auf die Sterne. Früher dachte man, sie seien am Firmament festgemacht. Firmament, ein schönes Wort. Himmelszelt, ein schönes Wort. Wörter, die nicht mehr brauchbar waren. Sie passten nicht zu einem Weltraum voller Satellitenschrott, nicht zu einem All, das der US-Präsident mit einer Space Force zu besetzen wünschte. Erwin musste sich an die Scheußlichkeiten der Welt gewöhnen, an Dummheit, an Verdorbenheit und an die Vorstellung, dass der blaue Planet kaputtging. Gestern hatte er noch gedacht, dass es sich zu kämpfen lohne, und nun graute ihm, zurückzugehen in die Schulzimmer, wo die Jugend so deutlich nach Hoffnung roch.

Die Sterne waren gekommen, Pyritsplitter, Himmelsglitter, Blinklichter der Götter. Der gelbe Himmelssaum war verschwunden. Die Nacht zwei brach an, und die Stille war kaum auszuhalten. Niemand schrie, stöhnte, fluchte. Mal ein Hundewinseln, dann wieder kein Laut. Erwin stellte sich einen knatternden Helikopter vor, was für ein wundersames Geräusch wäre das. Er stand auf und sah sich um. Man lag, man saß, man schwieg. Er wusste nicht, wohin er sollte mit seiner vollen Blase.

Die Japanerin gab mit jedem Ausatmen ein winziges Wimmern von sich. Es war wie das kleine Quietschen der Waschmaschine zu Hause. Juri versuchte, nicht daran zu denken, es war schwierig, er musste raus hier. Als er durchs Fenster klettern wollte, wurde er gleich von starken Händen zurückgestoßen, Sepp stieg herein, schüttelte ihn und fauchte: »Du bleibst hier drin«, und Juri versuchte, Sepps Mundgeruch zu entkommen. Er zappelte und kratzte und riss an Sepps Ohr. Jetzt schlug Sepp zu. Er traf Juris schlimme Schulter, Juri schrie und taumelte unter Sepps Schlägen nach hinten in die Küche. Er hörte, wie die Tür zukrachte, und der Schmerz jagte zickzack durch ihn hindurch, aber noch wilder als der Schmerz war die Wut. Er rappelte sich hoch, riss die Tür auf, sah Sepps Umriss vor dem Fenster, packte den Stuhl, den Gret hatte retten wollen, und ging auf Sepp los, Stuhlbeine voran. Sepp lachte auf. Er schleuderte Juri erneut in die Küche, diesmal fiel Juri zu Boden, diesmal ging die Tür leise zu, diesmal war etwas zu hören wie das Schieben eines Riegels, diesmal war er eingesperrt. Er rüttelte an der Klinke.

Es war zum Heulen dunkel in diesem Loch. Nur in dem kleinen Quadrat des Fensters hatte die Dunkelheit ein bisschen hellen Glanz. Da komme ich raus, dachte Juri, das ist groß genug für mich. Er versuchte sich hochzuziehen zum Sims, aber die Schulter tat zu weh, er musste erst dem Schmerz etwas Zeit lassen.

Amai sah, wie Sepp aus dem Haus kletterte und dabei die Kisten der Trittleiter umstieß. Er warf sich neben ihr ins Gras. »Was war denn los da drin?«, rief Gret. »Hab's hinten eingesperrt, das Bürschchen«, rief Sepp zurück. Das also war es, dieses Krachen und Rumpeln und Schreien im Haus, armer Juri, dachte Amai, die beiden hatten gekämpft, der Kraftsepp und der Jurijunge. Der eine lag jetzt unterm Sternenhimmel und blinkte vor Energie, und der andere schmorte dort drinnen und weinte vielleicht. Dass es zwischen Stube und Küche eine Tür gab, ein Tür mit Schloss, das hatte sie gar nicht gesehen. Sie hörte Sepps Schnaufen, sie würde hören, wenn es sich änderte, wenn er schlief. Dann wollte sie ins Haus klettern und nachsehen, ob sich die Tür öffnen ließ, vielleicht steckte ja der Schlüssel.

Erwin war irgendwo hinter ihr, möglich, dass er schlief, sonst hätte er sich sicher für Juri eingesetzt. So sicher vielleicht doch nicht. Wenn es Streit gab, verzog er sich lieber, wenn es laut wurde, schloss er die Ohren, das hatte mit seinem Vater zu tun, dem Schläger. Wenn Erwin auf jemanden losging, dann nie mit den Händen, höchstens mit Argumenten und nur mit solchen, die nicht verletzten. Das wirkte mal fein und mal feige.

Nein, bitte nicht, jetzt keine Blutung, aber genau so war das Ziehen im unteren Bauch, ein Ziehen, das noch kein Weh war. Bei Stress kam die Blutung oft früher als normal. An Stress hatte sie nicht gedacht beim Rucksackpacken. Womit sollte sie sich nun zustöpseln?

Zunehmender Halbmond, er sah aus wie ein Ohr, er lauschte in die Nacht. Erwin hatte solche Ohren, leicht rötlich, leicht abstehend. Als sie mal Ohrwin zu ihm sagte, hörte er das nicht gern, und wenn er etwas nicht gern hörte, wurde er ungehalten, aber nur kurz. Gleich wurde er wieder gehalten, von seinem inneren Frieden. Amai hätte auch gern so einen Frieden oder so eine Frieda in sich gehabt. In ihr wirbelte Missliebiges viel länger herum. Was er wohl dachte, falls er – wie sie jetzt – in den Sternenhimmel schaute? Es war das beste Mittel, die eigene Wichtigkeit loszuwerden. Amai setzte sich auf und sah sich um. Erwin saß direkt hinter ihr, Kopf auf den Knien. Ob er so schlief?

Als sie sich neben ihn setzte, streckte er sich aus, und

sie legte sich dicht an seine Seite, und so lagen sie da wie eine halbierte lange Semmel, die mit Mondlicht bestrichen werden sollte. Sag jetzt nichts, dachte Amai. Nichts von Fontane, nichts vom »Herze, das nicht erkaltet«. Er sagte nichts.

Sie musste eine Weile geschlafen haben, der Mond war inzwischen gewandert. Erwin lag noch neben ihr, aber auf dem Bauch. Ganz sachte drehte sie sich zur Seite und versuchte, geräuschlos aufzustehen. Sie sah die reglosen Gestalten im Gras, Erwin, Gret, Sepp, Wolf, als wären sie vom Himmel gestürzt. Der Hund hob den Kopf. Es war Zeit, nach Juri zu sehen.

Jetzt war er jemand mit einer Toten, jemand mit Großverlust, jemand mit Schicksalsschlag, jemand im Abseits. Die anderen würden ihn anders ansehen als vorher. Er kannte dieses Gefühl der anderen, diese Scheu, dieses Unbehagen, dieses Erschauern. Habt ihr gehört? Wolfs Lara ist tot. Nein, ist ja furchtbar. Habt ihr gehört, wie sie umgekommen ist? Gott, wie tragisch, der arme Wolf. Wir müssen ihn bald mal einladen. Und was wird Arne sagen, denkt Wolf, falls er noch reden kann, falls man ihn findet da unten irgendwo, bewusstlos oder halbtot? Dass er tot ist, will Wolf nicht glauben. Er will sich nicht vorstellen, dass er so da liegt wie Lara, so fremd, so verändert. Arne wird das Richtige sagen. Arne wird ihn festhalten. Und wird weinen wie blöd. Wolf spürte einen Stein unter der Schulter, aber er mochte sich nicht bewegen. Sonst würde das T-Shirt auf seinen Verletzungen verschoben, und jetzt lag es grad richtig. Wenn er als Kind aufgeschlagene Knie hatte, war seine Mutter immer mit Jod und Verbandszeug herbeigeeilt und mit dem schrecklichen Wort Blutvergiftung. Jetzt war alles viel schlimmer. Ich habe eine Lebensvergiftung, dachte Wolf.

Schlaf war nicht herbeizudenken. Wolf versuchte es erst gar nicht, denn nichts hüllte ihn ein, alles war schmerzlich auseinandergezerrt, innen, außen, sogar der Nachthimmel sah aus, als ginge ein Riss mittendurch. Der Hund hob den Kopf, nicht mal er schlief.

Amai stand am Fenster und schaute hinaus. Draußen lagen alle, niemand bewegte sich, sie war unbemerkt ins Haus gelangt. Die Japanerinnen schliefen. Kein Mond mehr zu sehen, die Felsen rund ums kleine Wiesenstück waren schwarz. Der Berghau segelte durchs All, irgendwo unten war die Welt. Und irgendwo dort vorne war in der Dunkelheit ein Türkenbund. »Schau mal, eine Lilie«, hatte Lara gesagt, und Amai hatte erwidert: »Die war gestern nicht da«, und sie hatten gelacht. Amai sah Lara vor sich, anmutige Gestalt, heller Lockenkranz, schimmernde Zahnreihe, großes Lachen. Aus.

Dass Leben einfach so unwiederbringlich entweichen konnte. Wohin? Wo war es? Amai hatte mal gelesen, dass ein Arzt die Sterbenden vor und nach dem letzten Atemzug gewogen habe. Einer war tot 21 Gramm leichter, und so viel sollte demnach die Seele wiegen. Auch wenn sie solchen Stuss nicht glaubte, passte so eine Vorstellung zu dieser seltsamen Nacht. Wenig, ja nichts wusste Amai von Lara, aber vielleicht hätte sich mit der 21-Gramm-Lara-Seele noch eine Freundschaft ergeben, wäre sie noch da. Da sein, das war plötzlich so gar nichts Selbstverständliches mehr, einen Körper zu haben mit dem ganzen pochenden ziehenden Gekröse darin und einen Schädel, in den Gedanken flatterten, ohne dass man sie rief. Da sein, das war etwas, was sich bereden, bedenken, bedauern ließ – begreifen ließ es sich nicht. Amai hatte ein Gefühl, als müsste sie die Hand heben und denen winken, die es nicht gab.

Es steckte kein Schlüssel in der Tür, es war ein Riegel, der sie verschloss.

Der Ausstieg war gar nicht so schwierig gewesen. Zwar hatte Juri große Mühe, sich zum Sims hochzuhangeln, aber auf der Außenseite war das Fenster beinah in Bodennähe, und der Sprung war darum überraschend kurz. Doch kaum hatten seine Füße Boden berührt, rutschte er auch schon abwärts und wusste sich nicht festzuhalten im Geröll. Hilfe, Hilfe. Er schrie nicht. Jetzt nur nicht gehört werden. Und dann kriegte er endlich etwas Festes zu fassen. Er blickte hoch, sah den Sternenhimmel und kroch vorsichtig Handbreite um Handbreite wieder aufwärts. Dann kauerte er sich an der Hauswand hin und wartete, bis sich sein Zittern verzog. Er war frei.

Sobald es etwas heller wurde und er besser sehen konnte, wo er hintrat, wollte er entscheiden. Entweder abhauen in die Tiefe wie Arne oder auf allen vieren ums Haus herum und zurück auf die Wiese klettern und dort dem Scheiß-Sepp ein Brett auf den Schädel knallen. Die Schulter tat weh, aber was so saumäßig brannte, das war tiefer drinnen, das war das Herz oder die Seele oder so was, irgend etwas, das brannte vor Wut. Es half ein bisschen, wenn er ein paarmal die Hände heftig auf die Brust drückte.

Als er ins Dunkle pinkelte und horchte, wo sein Strahl wohl aufprallte, hörte er Geräusche von drinnen, von seinem Gefängnis. Er presste sich an die Wand. Es waren Geräusche, die er nicht zu deuten wusste, keine Stimmen, eher ein Rutschen und Schieben wie von Schaufel und Besen. Aber es würde jetzt doch niemand putzen in der kaputten Küche ohne Licht. Oder war da ein kleines Licht aufgeflackert?

Gret hatte sich in ein Tischtuch gewickelt, aber die Grasstoppeln stachen ihr trotzdem in den Rücken. Immerhin war die Luft herrlich frisch hier draußen, Gret machte den Mund weit auf, um sie zu trinken. Als Kind hatte sie sich oft auf den kleinen Balkon gestellt und die Regentropfen getrunken oder die Schneeflocken mit der Zunge gefangen. Sie hatte den Balkon noch genau vor Augen: senfgelbe Brüstung, Haken mit Mutters Kleidern, Abfalleimer, Besen, Mopp, Blumenkiste mit was Vertrocknetem. Unten der Balkon des Hausmeisters mit einer verblichenen Schweizer Flagge. Der eingesperrte Juri tat ihr leid, das war nicht recht von Sepp, ihn in die kaputte Küche zu verbannen, da war kein Kissen mehr drin und kein Getränk. Gret hatte ja selber alles nach draußen gebracht. Der Junge hatte niemanden, der sich für ihn wehrte. Vielleicht hätte sie es machen müssen, aber es war schwierig, sich einzumischen, wenn Sepp so ausrastete.

Wenn sie hier endlich geholt wurden, und das wurden sie ja wohl irgendwann, gab es dann jemanden unter ihnen, den sie mal wieder treffen möchte? Die Amai sicher nicht, auch den Wolf nicht, der war ihr nicht ganz geheuer, den Erwin nicht, weil der zu Amai gehörte, am ehesten den Juri, ja, den Juri mochte sie am liebsten. Und die Japanerinnen würde sie treffen wollen, um sich von ihnen nach Japan einladen zu lassen. Sie würde ihr ganzes Geld zusammenkratzen und endlich aus diesem Leben abhauen. Aus ihr und Sepp wurde nichts, das hatte sie jetzt deutlich gemerkt. Tschau Sepp, würde sie sagen. Vergiss nicht, dich immer schön zwischen den Zehen zu waschen. Wo war er überhaupt? Wenn sie den Kopf hob, sah sie nur Wolf, eingerollt wie eine Katze, und Erwin in ganzer Länge. Nun, Sepp lag wohl irgendwo weiter oben, ihr war es recht.

»Margareta« hatte sie immer auf ihre Schulhefte geschrieben. Margareta, das klang irgendwie nach Königin oder sonst was Feinem. Aber sie merkte bald, wenn sie auf dem Schulweg sah, in welche Häuser ihre Mitschülerinnen verschwanden, dass sie nicht zu den Königlichen gehörte. Andere Häuser hatten Grün rundum und Garagen, hatten einen einzigen Briefkasten, zum Beispiel dunkelrot, hatten straffe Sonnensegel über weißen Gartenmöbeln, hatten Mütter, die unter die Tür traten und hallo, mein Schatz riefen. Sie, Gret, hatte einen Balkon mit Abfalleimer und eine Mutter, die auf dem Sofa saß und rauchte und nichts fragte, wenn Königin Margareta hereinkam. Vielleicht sagte sie: »Er hat wieder nichts geschickt, ich zeige ihn an, auch wenn er dein Vater ist.«

Oder: »Pass auf, der Greuter hat wieder gemotzt. Geh dem bloß aus dem Weg.« Der Greuter war der Hauswart, und als Gret ihren Busen bekam, der größer und größer wurde, stellte er sich so auf die Treppe, dass sie ihn streifen musste, um an ihm vorbeizukommen. Einmal, in der zweiten Klasse, war die Sabine Waldemann mit ihr nach Hause gekommen und Gret hatte ihr in der Küche Sirup gemacht und ein Brot mit Streichkäse. Am nächsten Tag in der Pause gesellte sich Sabine zu anderen Mädchen, Gret wusste nicht, warum, und es tat weh. Woher hatte sie bloß immer diese Kraft gehabt, es den anderen zu zeigen.

Sie war noch da, diese Kraft.

Jetzt, Anfang Juli, gab es keine Sternschnuppen, die kamen erst im August mit dem Sowieso-Schwarm. Es war keine Nacht, um Wünsche loszuwerden. Trotzdem starrte Gret hinauf in den Himmel. Hallo Sterne, habt mich gerne.

Das Ding hatte an Sepps Hals gelegen und gekitzelt, und als er es in die Hand nahm, erschrak er. Es war der kleine Zopf aus Gras, den Lara geflochten hatte. Sepp hatte gesehen, wie sie ihn Juri überreichte, und der hatte ihn ein paarmal in die Luft geworfen. Nun hatte die tote Lara den Zopf neben seinen Kopf gelegt. Ausgerechnet ihn hatte sie ausgesucht, um sich als Geist bemerkbar zu machen. Bitte, geh weg, bitte, lass mich in Ruhe. Geh zurück in deinen Körper. Es war kein schönes Liegen dort, wo sie tot war, der Boden war hart und feucht, und die Decke, die er über sie gebreitet hatte, passte nicht, die war ein Witz. Aber es gab nichts anderes. Vielleicht war es falsch, sie so allein dort zu lassen, aber hätten sie sie hierhergebracht, hätte sie in der Sonne gelegen, und eine Leiche in der Sonne war wohl auch nicht das Richtige. Und drinnen im Haus, da waren die Japanerinnen. Wolf müsste was tun, müsste sich zu seiner Frau setzen und Totenwache halten. Aber der war nicht zu gebrauchen, hatte nicht mal Blumen auf sie gelegt, ein seltsamer Mensch. Vielleicht wollte Wolf diesen Zopf haben, das Letzte, was sie gemacht hatte. Sepp meinte, seine Haut wie ein Hülle zu spüren, wie sie eng wurde und kalt. Er musste ihn loswerden, den gespenstischen Zopf. Er war nicht schuld an Laras Tod. Ich bin vielleicht ein Dreckskerl, hörst du, aber ich kann nichts dafür, wenn der Berg einstürzt. Wir werden dich von hier fortbringen, und sie werden dich in ein wunderschönes Grab legen. Sepp stand auf, tastete sich zum alten Brunnentrog und warf den Zopf hinein. Etwas streifte seinen Nacken, ein Insekt war es nicht.

Er beschloss, ins Haus zu klettern und zu versuchen, drinnen zu schlafen. Er schlich sich an den Japanerinnen vorbei und suchte sich einen Platz in der hinteren Ecke, und da sah er, dass die Verbindungstür zum Hinterraum offen stand. Jemand musste den Riegel zurückgeschoben haben, jemand war da drin bei Juri. Zu hören war nichts. Ein Feuerzeug ging an. Amai also. Sie stand unter dem Fenster, das Gesicht von der kleinen Flamme unheimlich beleuchtet. Kein Juri da. »Du hast ihn rausgelassen!«, flüsterte er. Amai schüttelte den Kopf und flüsterte zurück. »Er war nicht mehr da.« In Sepp kochte wieder

Wut, diesmal Wut auf sich selbst. Er hätte ihn fesseln müssen, den Kerl. Der hatte allerlei Gerümpel aufeinandergetürmt und sich so zum Sims hochgezogen. Und dann musste es ihm gelungen sein, sich durch das kleine Fenster zu zwängen. Er, Sepp, wäre drin steckengeblieben, eine fette Made im Loch. Die Fensteröffnung ließ sich nur von draußen mit einem Laden schließen, dieser Scheiß-Berghau war immer rundum ein Flick- und Stückwerk gewesen. Und jetzt war er total kaputt. Der Berg hatte ihn angebissen und würde ihn bald noch ganz schlucken. Wie der Junge dort draußen im Dunkeln übers Geröll kommen wollte, war ihm ein Rätsel. »Schau mal, ob du was siehst«, sagte er leise, packte Amai von hinten und hob sie hoch, dass sie sich auf dem Sims abstützen konnte. Er presste sein Gesicht zwischen ihre Beine. »Nichts«, sagte sie, und als er sie an sich runterrutschen ließ, drehte sie sich und legte die Arme um ihn. »Nichts«, sagte sie noch einmal. Da drückte er sie an die Wand und suchte mit dem Mund ihr Gesicht. Die rote Amai. Das war ein wilder langer Kuss. Es war Amai, die zuerst die Hose öffnete. Und als er in ihr war und sein Stoßen die Holzwand hörbar erschütterte, dachte er: »Egal. Sollen sie kommen, die anderen. Sollen sie alle kommen und uns zusehen.«

Erwin träumte von einer Abreise, wusste, dass er spät dran war, und suchte verzweifelt seinen Koffer. Manchmal wachte er auf, spürte kurz das stopplige Gras und den harten Boden, legte sich anders hin und war wieder im alten Traum. Er suchte das ganze Studentenheim nach seinem Koffer ab, er war der Einzige im Haus, er rannte in Panik durch die Korridore, der letzte Bus würde gleich wegfahren. Wenn er das Gras wieder spürte, war er kurz erleichtert, bis ihm einfiel, dass er auch hier nicht wegkonnte, und er rutschte zurück in den Traum und wunderte sich, dass er schwedisch um Hilfe rief. Dann weckte ihn das Poltern, das Krachen. Etwas fiel. Jemand schrie. Alle schrien. »Holt sie raus!« Das war Gret, die rief. Erwin sah, dass sie von der Wiese zum Fenster rannte, wo bereits jemand am Hineinklettern war. Steine fielen aufs Dach und prallten zur Seite ab. Er duckte sich, stolperte, und als er beim Fenster stand, hörte er das hohe Jammern der Japanerinnen. Stürzte jetzt das ganze Haus ein? »Macht Platz!«, rief es von drinnen, das war Sepp, und Wolf, schon in der Fensteröffnung, stieg wieder heraus. Ihm folgte Saki, klein und wendig, und dann ging ein furchtbares Heulen los, ein Heulen aus heftigstem Schmerz, das kam aus Mio. Sepp schob sie durchs Fenster, und Wolf packte draußen ihre Füße. Jetzt war Erwin dran. Er schob seine Arme wie eine Trage unter Mios Beine, und mit Grets Hilfe trugen sie Mio aufs Gras. Sie heulte weiter auf, in Abständen, wie ein Schakal. Das alles war zu viel für ihr gebrochenes entzündetes Bein. Erwin strich ihr über die Stirn. Er wusste nicht, was er sonst tun konnte. Er strich und strich, auch beim ganz großen Krach, als die donnernde Steinmasse aufs Dach stürzte und die Hauswand langsam nach außen sank.

Es war bereits so hell, dass man den Staub sah. Er stieg aus dem zerdrückten Haus wie die Sporenwolke aus einem Bovist. Mio hatte den Kopf in Sakis Schoß, die anderen standen nah beieinander. Erwin legte den Arm um Amai. Über den schwarzen Bergzacken im Horizont lag ein dünnes goldgelbes Band, das wurde rasch breiter, bald würde der Morgen kommen. Jetzt hätte ein Betruf von Sepp gepasst, ein Bittedankehilferuf durch die schwindende Nacht, aber der Milchtrichter war begraben unter der Hauswand. Alles lag still, nichts fiel mehr, nichts rutschte, das furchtbare Donnern war vorbei, aber immer noch da, nicht hörbar, sondern spürbar wie eine schwere Haube über den Köpfen. Plötzlich rannte Sepp ein paar Schritte bergab zum kleinen Weg, der zur Seilbahn führte. Und Erwin konnte erkennen, dass er stehen blieb und dass ihm langsam eine Gestalt entgegenkam, klein, schmal – das war Juri. Wo war der Junge denn gewesen? Sepp hatte ihn doch nach dem Streit ins Haus geschickt. »Was ist mit dem?«, fragte Erwin. Amai hob bloß die Schultern.

Musste er die beiden beneiden, Erwin und Amai, sie in seinem Arm? Nein, entschied Wolf, er musste sie nicht beneiden, er wollte nicht sein wie die. Hätte er jetzt auch den Arm um Lara gelegt? Nein, sie hätte sich weggeduckt, sie war seltsam gewesen in den letzten Stunden. Hatte sie geahnt, dass sie starb? Nein, sonst hätte sie nicht gesagt: Zu Hause machen wir ein Fest, mit Arne. Hatte er sich schon mal gewünscht, tot zu sein? Nein, er hatte Totsein nie als Alternative angesehen. Nein, nein, nein. Er sollte sich besser etwas fragen, was sich mit Ja beantworten ließ.

Sola lehnte sich an sein Bein. War wohl auch erschrocken. Bestimmt hatte sie Hunger. Im Rucksack war noch ein bisschen Knäckebrot und Schokolade, Reste von Sepps großartiger Essensverteilerei drinnen am Tisch. Aber was trank sie eigentlich? Vielleicht hatte sie irgendwo eine Pfütze vom gestrigen Regen gefunden. Jetzt kamen Juri und Sepp hoch zur Wiese, Juri gesellte sich zu Wolf. Als Wolf fragte: »Wo warst du«, sagte Juri: »Weiß es nicht.« »Bist du okay?« »Nein.«

Alle standen und starrten auf das Licht am Horizont. Gestern hat er gesungen, der Juri, dachte Wolf. Here comes the sun. »Wirst du wieder singen?«, fragte Wolf. Juri schüttelte den Kopf, er habe Durst, sagte er. Der alte Brunnentrog, in dem Gret die Flaschen deponiert hatte, lag unter der Hauswand begraben, es war jetzt hell genug, das zu sehen. Es war jetzt hell genug, zu sehen, wie Gret weinte, wie Amai sich auf den Boden warf, wie Juri die linke Hand auf die rechte drückte, die blutete. Hell genug, um zu sehen, dass Saki mit den Fingern Mios Haar kämmte, dass Sepp aus dem Trümmerhaufen ein Brett zog und wieder hinwarf, dass Erwin sich ein paar Schritte entfernte, wohl um zu pinkeln.

Jetzt hätten wir Brennholz, dachte Sepp. Ganze Bretterhaufen. Aber nichts zum Anzünden. Amais Feuerzeug war ausgebrannt. Sie hatte es noch ein paarmal versucht dort drin, danach. Kein Funke mehr, nur das trockene Geräusch. Sepp fühlte sich, als hätte man ihn geprügelt, wie früher, wenn die anderen über ihn hergefallen waren. Alle Energie war weg, von Amai aufgesogen und vom Einsturz flachgequetscht. Er setzte sich hin und schaute hinüber zum Fuhrstock und den Schwalmhörnern, die noch tiefschwarz beschattet waren. Er mochte nicht der Sonne entgegensehen, nicht dem Morgen, nicht dem, was kam. Heute Nacht war für ihn so ziemlich alles kaputtgegangen. Wie das weitergehen würde unten im Tal, mit ihm, mit Gret. Was hatte er noch? Allenfalls noch eine Ruine am Rand eines verschütteten Dorfs, dazu Schulden, und Gret, das spürte er, Gret würde sich davonmachen. Zu Recht. Und dann die Sache mit Juri. Zwar hatte er, Sepp, sich entschuldigt, sie hatten sich kurz die Hand gegeben, aber Sepp traute Juri nicht, der verklagte ihn womöglich, weil er ihn geschlagen und eingesperrt und fahrlässig den Gefahren der Gebirgsnacht ausgesetzt hatte. Der Kerl war noch jung, aber dumm war er nicht, der konnte sich ausdrücken.

Doch, etwas habe ich noch, dachte Sepp, das kann mir niemand nehmen, die Erinnerung an Amai, die blieb in der Haut, in den Fingern, im Mund für immer gespeichert. Eine Glocke voll Lust. Dreiminutengewitter. Amai war zuerst hinausgegangen, hatte sich, nach vergeblichem Versuch mit dem Feuerzeug, im Dunkeln davongetastet, während er noch eine Weile stehen blieb, bevor er die Hose hochzog und merkte, dass er nicht mehr geradeaus denken konnte wie vorher.

Er hörte, wie Gret Juri befragte, und wie Juri erzählte, dass er lange im Dunkeln neben dem kleinen Fenster gesessen hatte und dann beim Versuch, ums Haus zu gehen, in die Tiefe gerutscht und von einem Gesträuch aufgefangen worden war.

Später sagte Gret: »Wie konntest du nur. Es war idiotisch, den Jungen einzusperren.« »Ich bin also ein Idiot«, sagte er. »Ja, bist du«, sagte Gret.

Sein Rucksack war im Haus, also unter dem Haus. Juri hätte gerne seine leichte Jacke angezogen. Jetzt, wieder in Sicherheit, fror er. Seine kleine Brieftasche war im Rucksack, sein Handy und Annies Fernglas. Dort unten beim Strauch, der ihn bei seinem Absturz gestoppt hatte, war ihm nicht kalt gewesen. Die Angst hatte ihn aufgeheizt. Eine Stunde oder zwei hatte er sich nicht gerührt, hatte kaum den Kopf gedreht. Erst als die Nacht durchsichtiger wurde und der Abgrund deutlich zu erkennen war, hatte er sich in einer Diagonale über das Geröll nach oben gerobbt, bäuchlings, mit Armen und Beinen sorgsam tastend. Es war wie ein Anschleichen, und der Berg durfte nichts merken. Einmal hob er den Kopf und sah, dass sich weit oben etwas bewegte und dann still stand: der Hund. Er hatte ihn wohl entdeckt und sah ihm zu. Als er endlich auf bewachsenen Boden kam, Gras und Erde spürte, blieb er lange liegen, ein Schiffbrüchiger an Land. Er wusste, wo er war: knapp unterhalb der Seilbahnstation, wo er mit Sepp das Benzin geholt hatte. Sepp. Sepp machte ihm keine Angst mehr. Er hatte alle Angst aufgebraucht.

Nun war er wieder da, und die andern waren noch da, und das Haus war weg, und die Nacht verschwand auch. Er stellte sich neben Wolf, hier fühlte er sich sicher, weil der irgendwie nicht zu den andern gehörte, so wie er, weil der irgendwie im Abseits war, so wie er. Irgendwie, irgendwie. »Dein Quartalsbericht war gut, aber du verwendest zu viel Irgendwie«, hatte sein Lehrmeister bei der Zwischenprüfung gesagt. Vermeide Irgendwie, sei präzise. Wie konnte er präzise sein, wenn er nichts genau wusste. Er wusste nicht mal, ob er der sein wollte, der er war.

Wolf nestelte am Rucksack und holte etwas heraus, »nimm« – Schokolade, noch verpackt. Juri kam es vor, als hätte er noch nie Schokolade gekostet. Was war das für ein Fest im Mund. Er schloss die Augen und aß und vergaß, und erst danach fiel ihm ein, dass er Wolf nichts angeboten hatte. »Entschuldigung«, sagte er. »Tut mir leid, alles gegessen.« »Egal«, sagte Wolf. Er esse nie Schokolade, die habe er bekommen, als Sepp das Essen verteilte. »Zu trinken ist wohl nichts mehr da?«, fragte Juri und wusste die Antwort bereits. Wolf schüttelte den Kopf. Aber sonst sei noch einiges da. Acht Leute, ein Hund, eine Tote. Zwei Paare, vier Männer, vier Frauen, ein Vermisster, acht Verrückte, eine Verletzte, elf Schicksale, diverse Dialekte, diverse Manieren, diverse Intelligenzen, diverse Stimmen. Sowie eine Hölle und eine Hoffnung. »Kannst du sonst noch was aufzählen?«, fragte Juri. Jetzt sei er dran, sagte Wolf. Juri überlegte wie wild. Er wollte Gutes aufzählen. Er wollte Wolf etwas Gutes für die Schokolade zurückgeben. Was gab es noch Gutes außer der Hoffnung?

Weggehen. Davonrennen. Das ging nicht. Amai rollte sich zusammen und presste den Aufruhr in sich hinein. Was war das gewesen mit Sepp? Etwas ganz schön Schreckliches. Etwas ganz schrecklich Schönes. Halb befürchtet, halb erwartet oder erhofft. Dieser Sepp. Dass nach einem Fick ein Haus einstürzte, hatte sie noch nie gelesen oder gehört. Ergäbe eine aufregende Filmsequenz. Das hatte sie früher mal machen wollen, Drehbücher schreiben, jetzt war sie im Städtischen Schulamt gelandet, Präsenzzeit neun bis siebzehn Uhr, sowie in Erwins Armen, Präsenzzeit achtzehn bis acht Uhr. Geheimnisse seien erlaubt, hatten sie mal beschlossen. Gut möglich, dass Erwin welche hatte. Aber so eins wie sie nun in sich trug, so ein wahnwitziges, wohl kaum. Vorhin, als er nach dem Hauseinsturz den Arm um sie gelegt hatte, hatte sie keine Schuld gespürt. Und wenn sie auftauchte, die Schuld, würde sie sie zum Teufel jagen. »Sie kommt jetzt gleich«, rief Sepp. Er meinte die Sonne.

Gret hatte es schon lange geahnt, dass aus dem Berghau nichts würde, aber sie hatte es nicht wahrhaben wollen, sie hatte Sepp gedrängt, tu noch dies, kauf noch das, mach Werbung, das wird was, ich helf dir, los. Sie sah, wie er Schutt zur Seite kickte, etwas aufhob und fallen ließ, seine Vergangenheit lag ihm zu Füßen, erledigt. Sie sah, wie er sich bückte und mit den Händen scharrte. Wieder die verrutschte Hose, wieder die Pospalte. Schade, dass niemand lachte. Ein wieherndes Gelächter auf Kosten von Sepp, das hätte ihr jetzt wohlgetan. Die Stille war furchtbar. Aber plötzlich war da was. Plötzlich wurde die Stille geritzt, ganz fein, ganz fern. Ein Sirren, ein Surren, eine Wespe unterm Glas. Dridredridrö. Gret sah hoch. Ein Heli löste sich aus dem goldgelben Morgenhimmelsstreifen, ein eben geschlüpftes Insekt, erst klein und schwarz, dann groß und rot. Sie kamen! Sie kamen direkt auf den Berghau zu. Sie kreisten und kehrten und sanken und stiegen und blinkten und kreisten erneut. Kein Zweifel, das waren die Retter. Gret streckte die Arme hoch. Sie schrie wie die andern. Es waren Jubelschreie. Die Hirtenkinder jubelten zur blinkenden Madonna im Himmel. »Gopfertami!«, schrie Sepp neben ihr, das war sein Halleluja. Nur Mio hatte sich nicht erhoben, aber sie hatte die Hände vorm Gesicht gefaltet. Gret sah, dass Juri um Mio herumlief und wie wild auf sie zeigte. Schaut her, die da ist krank!

»Sie kommen wieder«, sagte Erwin, als sich der Heli Richtung Tal entfernt hatte. »Klar kommen sie«, sagte Sepp, »die haben uns gezählt, die haben Bilder gemacht. Es ist hell genug.« Gret sagte nichts von den Night-Vision Goggles, Sepp wäre ihr eh über den Mund gefahren, und sie mochte sich nicht weiter mit Sepp befassen. Wenn sie hier rauskamen, wollte sie sich ohne Szene davonmachen. »Ave, ave, ave«, das war Amai. Amai sang Sepps Lied. Ohne Milchtrichter klang es dünn und rührend. »Ave, ave, ave. Sankt Anton und Sankt Wendelin. Holt uns.«

Gret schluckte. Das schmerzte am meisten: die singende Amai.

Und dann kam die Sonne.

Anders als bislang saßen alle nah beisammen auf dem bisschen Wiese. Sie brauchten nicht mehr voreinander zu flüchten, demnächst würden sie sich ganz los sein. Das brachte eine unverstellte nackte Freundlichkeit zustande. Erwin fragte sich, wie lang die halten mochte. »Vielleicht hat dein Freund Arne Alarm geschlagen«, sagte er zu Wolf, worauf der bloß die Schultern hob, »vielleicht hat er es tatsächlich bis nach unten geschafft.« »Glaub ich zwar nicht«, sagte Sepp, »aber hoff ich mal. Zwei Tote, das wär einfach zu viel.« Erwin merkte, wie bei dieser Grobheit alle zusammenzuckten und auf Wolfs Reaktion warteten. Wolf blieb still. Erwin suchte hastig einen andern Gesprächsfaden, damit die Freundlichkeit noch ein Weilchen sitzen blieb. »Vielleicht könnten wir uns auf eine Reihenfolge einigen«, sagte er, »mit der sie uns holen sollen.« »Zuerst ist ja wohl Mio dran«, sagte Amai, »und dann muss Saki folgen. Oder lässt man die miteinander ans Seil?« »Nein«, sagte Sepp, »es geht immer der Flugretter mit hoch.« »Ich hab Angst«, sagte Gret. Ihr werde schlecht in der Luft. Zum Glück habe sie nichts mehr im Magen, das zu erbrechen wäre. Bei Angst komme auch unten was raus, sagte Sepp, wenigstens bei den Affen. Er gehe als Letzter, sagte Wolf. Er gehe nach Lara. Und nach dem Hund. Darauf sagte niemand mehr was. Es war Zeit, um nachzudenken. Niemand rührte sich, nur der Hund drehte sich ein paarmal, um sich neu hinzulegen.

Auch die Freundlichkeit blieb sitzen.

»Hat jemand etwas zum Schreiben?«, fragte Erwin. Wolf griff in den Rucksack und zog sein schwarzes Heft und einen Stift hervor. Ein Blatt reiche, sagte Erwin, und Wolf riss es so langsam und sorgsam heraus, als verspüre das Heft einen Schmerz. Wenn jetzt alle ihre Namen und ihre Mailadresse hier aufschrieben, so sie eine hätten, würde er, Erwin, diese zu Hause in den

Computer tippen und dann allen weiterleiten. Ich klinge wie ein Lehrer, dachte er, ich kann gar nicht mehr anders. »Wollen wir uns denn noch einmal sehen?«, sagte Juri. Amai lachte. Wolf auch. Wolfs Lachen war unnatürlich laut, ein Bellen fast. Es war sein erstes Lachen überhaupt. Erwin sah zu, wie sie schrieben, Gret auf Juris Rücken und Juri auf Grets, Wolf auf dem Knie. Sie habe Sepps Adresse auch notiert, sagte Gret, worauf Sepp sagte: »Sie meint, ich sei ein Analfabums.« Zum Schluss ging der Zettel an Saki, die gleich begriff.

Erwin las vor: »Gret Odermatt. Sepp Amstadler. Juri Stein. Wolf Lehmeier. Tanaka Saki. Yamamoto Mio. Und dann wären da noch Annemarie Steidel, nämlich Amai, und Erwin Sieber, nämlich ich.« »Gib her«, sagte Wolf, schrieb erneut auf den Zettel, und Erwin las vor: »Arne Frauchiger. Lara Arbenz.« »Und wie heißt der Hund?«, fragte Sepp. »Sei doch einfach still, du Idiot«, sagte Gret, was den anderen ein betretenes Gesicht ersparte.

Erwin tastete sein linkes Auge ab, es war geschwollen. Er drückte das morgenkühle Taschenmesser aufs Lid, das tat kurz wohl. Hoffentlich war innen im Auge alles in Ordnung. Mit dem rechten Auge sah er deutlich den Ring in Sepps Ohr, mit dem linken nur das Ohr wie ein helles Gebäck. Zu Hause musste er gleich einen Augenarzt suchen. Bisher hatte er noch nie einen gebraucht, hatte immer alles schärfstens gesehen, Schwarz- oder Rotmilan, Berg- oder Baumpiper. Wenn er zwischen den Bankreihen hindurchging, konnte er lesen, was die Schüler in die Hefte schrieben, und sehen, wer als i-Punkt kleine Ringe machte. Seine Mutter kannte einen

Augenarzt, aber er mochte sie nicht fragen, sonst rief sie ihn danach jeden Tag an. Wenn möglich, erzählte er ihr nicht mal von diesen Tagen hier oben, hoffentlich kreuzte mit dem Heli nicht auch die Presse auf. Falls doch, verlangte er Anonymität und einen schwarzen Balken überm Gesicht. Das Auge schmerzte, wenn er es auf- und zumachte. »Was zwinkerst du«, fragte Amai. »Mir tut das Auge weh.« »Mir der Rücken«, erwiderte sie. »Ist vielleicht noch jemand da, dem etwas wehtut?« »Ich«, sagte Gret, »Zahn. Füllung raus.« »Ich«, sagte Sepp, »Kopf.« »Ich«, sagte Juri, »alles.« Und Wolf sagte: »Ich bin tot.«

Einfach aufs Mal ein Leichnam, einfach aufs Mal eiskalt war sie gewesen, und er war selber in ein Eisloch gerutscht und dort erstarrt. Jetzt merkte Wolf, dass sich in ihm etwas änderte. Seine Seele rührte sich wieder, vorsichtig wie nach einem Sturz, und in großer Benommenheit bewegte sie ihre Flügel. Wolf hielt sich die Hand vor den Mund, um nicht zu stöhnen.

Keine Lara mehr, nie. Keine warmen festen Lara-Arme mehr. Keinen sanften Lara-Mund. Kein Lara-Lachen, nie. Die Seelenflügelschläge taten weh.

Was sollte er zu Hause.

Die anderen hier wollten zurück, Wolf merkte ihnen an, wie gierig sie waren aufs Zurück, wo immer das war, was immer da stand, ein Schuhregal, ein Kaffeeautomat, ein Beichtstuhl, ein Hauswart. Weitermachen, weiterwerkeln, weiterwursteln, weiterträumen.

Was sollte er zu Hause.

Wolf sah sich die Gesichter an, ihren Ausdruck von Eifer und Erleichterung. An Grets Gesicht blieb er hängen, es war verschattet und freudlos. Die Traurigkeit nahm sich seltsam aus an dieser blondierten, lauten Gret, die herumkommandiert und gewiehert hatte. Was bloß mit ihr war? Machte ihr das Leben mit ihrem jungen Vollsepp plötzlich Angst oder was? Sie tat ihm leid. Da war sie wieder, die Seele, die ihre Flügel bewegte. Wolf strich über Solas Kopf, die hielt still und stemmte sich in seine Hand. Wenn zurück, dann nur mit Sola. Zu wem sie gehört hatte, wollte er gar nicht wissen. Er würde sie erst mal eine Weile lang irgendwo verstecken.

Laras Rucksack war unterm Haus begraben. Drin ihre Ausweise, der kleine schwarze Stoffbär, den sie überall dabeihatte, ihr Handy. Die letzten Fotos auf ihrem Handy: das Hotelzimmer mit den tausend Kissen, seine Füße im eiskalten Murmelbach, die Rast an der warmen Stallwand mit Arnes Flachmann. Er hatte sich nie was aus Fotos gemacht. Diese letzten würde er gerne haben.

Er wusste nicht, wie das gehen sollte. Die Wohnungstür aufschließen und riechen, was sie zu zweit gerochen hatten, und vor dem Balkon die Buche sehen, die sie zu zweit gesehen hatten, über die Bettdecke streichen, die sie zu zweit gespürt hatten, das Brummen des Kühlschranks hören, den sie zu zweit gehört hatten. Kannst du das Ding nicht zum Schweigen bringen, hatte sie geschimpft. Er fürchtete sich vor ihrem Kleiderschrank, vor ihren Frühstücksflocken, vor ihren Shampoo-Flaschen. Am meisten fürchtete er sich vor ihrem PC, weil da so viel drin sein würde, was er nicht von ihr wusste und vielleicht nie wissen sollte. Er fürchtete sich vor den Erinnerungen an die letzten Jahre mit ihr. Er fürchtete sich vor den Erinnerungen an die letzten Stunden mit ihr. Ach, lass mich doch in Ruh mit deinem Stirnband, das war das Letzte, was sie zu ihm gesagt hatte. Lass mich doch in Ruh. In Ruh.

Was, wenn sie ihn nicht so geliebt hatte wie er sie.

Amai hoffte, nach den Japanerinnen als Erste wegzukommen. Wär ja möglich, dass man zuerst die Frauen holte und von den Frauen die weniger robusten, also sie und nicht Gret. Sie fühlte sich furchtbar, verdreht wie eine Schraube, so saß sie da. Alles, was sie jetzt machte, war falsch. Wo sie sich niederließ, das war entweder zu nahe bei Sepp oder zu nahe bei Erwin. Was sie sagte, das stimmte entweder nicht für Erwin oder nicht für Sepp. Wohin sie blickte, das war nicht die richtige Richtung, und woran sie dachte, das durfte niemand wissen. Juri sah aus, als wüsste er was, vielleicht hatte er heute Nacht etwas gehört draußen vor dem kleinen Fenster, und Gret, da war sich Amai sicher, Gret wusste Bescheid, die konnte Sepp lesen wie ein Stück Zeitung mit Großbuchstaben. Und Wolf. Wolf schaute Amai an, als sei sie eine andere als gestern, aber für Wolf war die ganze Welt anders als gestern. Jetzt blutete sie. Sie hatte vorhin im oberen Wiesenstück beim Pinkelplatz Papiertaschentücher in die Hose geschoben. Das Blut würde ihr helfen, dass Erwin zu Hause nicht gleich mit ihr schlafen wollte. Wahrscheinlich würde sie Sepp nicht mehr sehen, wahrscheinlich standen am Heli-Landeplatz Autos bereit für die Nachhausefahrt. Erwin hatte vorhin gesagt, vielleicht würden sie alle zu Laras Trauerfeier eingeladen, dann wäre vielleicht auch Sepp da, aber Amai glaubte nicht, dass Wolf eine Trauerfeier wollte. Schon gar nicht mit Leuten, die an Laras Tod mitschuldig waren. Denn das dachte er. Er dachte, dass Lara im Stich gelassen worden sei. Genau gesagt: von Amai.

Sie wusste nicht, ob sie winken sollte, wenn sie am Seil davonflog.

Sepp stand auf und winkte mit weit ausgestreckten, sich kreuzenden Armen. So machte man das. Der Heli glänzte im Morgenlicht, und das Geräusch der flappenden Rotoren war besser als alles, was er je gehört hatte. Solche Fernsehsendungen liebte er am meisten, Dramatisches, das gut ausging. Es war sechs Uhr zehn. Das Seil kam mit schwindelerregender Schnelligkeit nach unten und deponierte zielgenau zwei Leute auf der Berghau-Wiese, seiner Wiese, hallo, ich bin der Chef hier. »Sepp Amstadler«, sagte Sepp und streckte einem der beiden die Hand entgegen, die der nicht nahm, derweil das Seil schwappschwapp davonflog und rasch so kurz wurde wie ein Stachel. »Wir haben eine Verletzte hier«, sagte Sepp, aber der Mann ging bereits auf Mio zu und kauerte nieder. »Das Bein«, sagte Sepp. »Ja, ich seh es«, sagte der Mann, der in seiner Menschenretterkluft aussah wie ein TV-Star, »ich bin der Arzt.« Er öffnete seine Tasche und begann mit den Japanerinnen englisch zu reden. Sepp verstand nichts, was ihn ärgerte, auch der ruhige Ja-ja-das-wird-schon-Ton ging ihm auf die Nerven, und erst recht regte ihn auf, dass die anderen den zweiten Heli-Mann umringten und ihm alle Auskünfte gaben, die Sepp hätte geben wollen. Das hier war sein Reich, und er war es, der alle über die Runden gebracht hatte, ihnen ein Lager geboten und sie mit Getränken versorgt und auf Wunsch auch gleich noch gevögelt hatte. »Was ist mit dem Dorf?«, fragte Sepp. »Die Hälfte steht noch«, sagte der Arzt.

Mio weinte leise vor sich hin, ohne dass Tränen kamen, und Saki streichelte Mios Arm, während der Arzt am anderen Arm eine Infusion setzte. Sepp beneidete Saki darum, dass sie etwas tun konnte, und als hätte der Arzt Sepps Neid gespürt, sagte er: »Sie können dann helfen mit dem Sack.«

Sack, Sack ... »und hat kein' Rappen Geld im Sack, der Mann im schwarzen Frack«. Mit dem alten Vers war plötzlich die Frau Hug da, seine Lehrerin in der ersten Klasse, und Sepp spürte kurz einen Schwindel. War wohl nach dem Hinkauern zu rasch aufgestanden. Gret sah ihn fragend an. Wird dir schlecht? Nur vom Anblick einer Spritze? Inzwischen schauten auch die anderen zu, wie Arzt und Sanitäter sich um Mio kümmerten. Zweimal schrie sie auf. Sepp war erleichtert, dass man ihn mit anfassen ließ, als Mio für den Transport eingepackt wurde. »Danke«, sagte der Arzt, und als er mit Mio davonschwebte, hätte Sepp am liebsten Ave, ave, ave hinterhergerufen.

»Ich mach das, ich komme mit«, sagte Sepp, als der Sanitäter darauf drängte, jetzt die tote Lara zu sehen. »Die Verstorbene«, sagte er. Aber Wolf stieß ihn zur

Seite. »Ist meine Frau«, sagte er und zog den Sanitäter mit sich nach unten auf den kleinen Pfad. Der Hund rannte voraus.

»Seine Frau?«, fragte Juri, »waren die verheiratet?« »Spielt das eine Rolle?«, fragte Amai zurück. »Für mich würd's eine spielen«, sagte Juri. Gret zog den Atem ein, als wollte sie gleich etwas sagen, blieb aber still.

Sie saßen und warteten. Juri, Gret und Sepp in einer Reihe, dahinter Amai, Erwin und Saki. Wie in einer Schule sah das aus, Kinder vor dem Läuten der Schulglocke. Juri kostete aus, was er soeben erfahren hatte: Arne war noch am Leben! Gestern Abend war er gefunden worden. Ihm hatten sie zu verdanken, dass sie jetzt geholt wurden. Wenn Arne es geschafft hatte, gab es vielleicht auch für Mats und Annie eine Chance. Der Sanitäter hatte zwar zweifelnd den Kopf geschüttelt, als Juri ihm die Absturzstelle schilderte, hatte aber gleich die Einsatzbasis informiert. Mats, Annie, bitte lebt noch. Bitte nicht tot sein. Bitte mich umarmen. Das Dorf, sagte der Sanitäter, sei mindestens zu zwei Dritteln zugedeckt, auch die Zufahrtsstraße sei verschüttetet und die Zahl der Vermissten noch unklar. Allergrößtes Chaos. Die ganze Welt rede davon. Permafrostkatastrophe. Er und die Crew, sagte der Sanitäter, seien dauernd unterwegs, dazwischen die obligatorischen Schlafpausen. Kein Wunder, dass man sich nicht früher auf die Suche nach ein paar vereinzelten Berggängern gemacht hatte.

»Der Pilot bringt Wasser«, sagte Gret. »Wasser? Was ist das?«, sagte Juri. Den letzten Schluck Wasser hatte er vorgestern getrunken, nach Mats' und Annies Absturz, den letzten Schluck Bier gestern Abend, bevor ihn Sepp eingesperrt hatte. Vorgestern und gestern – zwei Tage und zwei Nächte – eine bleischwere Ewigkeit.

Als Erstes würde sie die getigerte Flauschdecke, Geschenk von Sepp, in einen Zehnliterabfallsack stopfen, dachte Gret. Dann Haarfarbe kaufen, Kastanienbraun, und je eine Flasche Wodka und Granatapfelsaft. Dann färben, sich betrinken, durchschlafen, sich krank melden, zum Flughafen fahren, irgendein Flugzeug besteigen. Aus. Fort. Neuanfang. Neuanfang von irgendwas. »Was macht ihr zuerst, wenn ihr zu Hause seid?«, fragte sie. »Ich lasse die Wanne volllaufen und trinke sie aus«, sagte Juri. »Lesen«, sagte Erwin, »Packungsbeilagen, Gedichte, Werbezettel, alles, was Buchstaben hat.« Gret wartete eine Weile, dann fragte sie noch mal. »Ich backe eine Torte«, sagte Amai. »Für wen?« »Für niemanden.« Sepp sagte: »Was soll die Fragerei.« Und nach einer Weile: »Also wenn du es unbedingt wissen willst: Ich schau mal nach, ob ich mein Haus noch finde.« Darauf blieben alle still, und als die Stille immer stiller wurde, fragte Saki: »What are you talking about?« »Being home«, antwortete Amai, worauf Saki etwas Japanisches erwiderte. Es klang wie ein Jubel.

Es war Tag jetzt. Rosa und Lila waren verschwunden, der Himmel war so blau wie ein ausgemaltes Schwimmbad. Grets Schweiß war aufgewacht und roch, sie klemmte die Arme an den Körper und dachte dann, wozu eigentlich. Wenn Sepp mich nicht mehr riechen kann, ist mir das nur recht, und Juri soll denken, was er will, ich sehe ihn nie mehr. Gret fiel ein, dass vorhin niemand gesagt hatte, zu Hause als Erstes in die Kirche gehen zu wollen. Kein Dankbarkeitsritual für das erhaltene Leben, nichts Derartiges. Wasser saufen und Torte machen. Auch sie würde nicht die Dorfkirche aufsuchen, diesen düsteren Ort mit dem Mahnfingerturm und dem Geruch nach Friedhof. Noch einmal würde sie hingehen müssen, dann, wenn man ihre Mutter begrub. Sie würde anreisen aus der Stadt, aus ihrem neuen Leben, abgespeckt und aufgefrischt, mit rotbraunem glänzendem Haar. Und das Dorf und Sepp und der Job an der Kasse waren dann längst mit einem großen Wisch beiseitegeschoben wie Angefaultes vom Schneidebrett.

Zuerst tauchte der Hund auf, Wolf und der Sanitäter folgten. Drei Gestalten betraten die Bühne, das Stück wurde fortgesetzt, und Gret fürchtete sich vor ihrer Rolle als dumme Frau mit Flugangst, die sich am Seil die Hose vollmachte. Wolf setzte sich und sagte nichts. Der Sanitäter blieb stehen und sagte: »Tragisch ist das«, und: »Sie wird als Letzte ausgeflogen.« Wolf sagte noch immer nichts, aber von oben war wieder das Surren zu hören, die Wespe unter Glas, der Heli.

Diesmal ging es schnell, Saki wurde eine Art Windel umgelegt, sie wurde eingehakt und schon stieg sie auf, vom Arzt umarmt. Ein aufgespießter Riesenvogel, dachte Erwin. Er freute sich darauf, für ein paar Augenblicke Vogel zu sein, den Boden zu überfliegen wie Bussard und Milan, Bergpieper und Tannhäher, Bartgeier und

Steinadler. Seit der sechsten Klasse, seit seinem Vortrag über den Steinadler und Lehrer Areggers Applaus war er ein Vogelsucher, suchte Land und Himmel ab, nach flitzenden, flatternden, schaukelnden Winzigkeiten und nach Tschilp und Zwitt und Tlü. In der Stadt blieb er manchmal unvermittelt stehen und schaute hoch. »Was ist?«, fragte dann Amai. »Alpensegler«, sagte er, »siehst du?«, oder: »Spatzen, hörst du?« Sie nickte, und er vermutete, dass sie immer nickte, einfach aus Freundlichkeit.

Als er nach zwei Semestern Germanistik und einer Arbeit über mittelhochdeutsche Metaphern seiner Mutter sagte, er sattle jetzt um auf Naturwissenschaften, rief sie: »Wie kannst du!«, sprach von verlorener Zeit und dass Vater, der bekannte Altphilologe, sich im Grab umdrehen würde und überhaupt: die ganzen Kosten. Dann eben nicht. Dann eben der stete, kleine Groll, das erboste Simmern unterm Deckel, die unterdrückte Empörung über Mutter und sich. Jetzt, hier oben, hatte sich die Empörung freigemacht und in offene Wut verwandelt. Jetzt, hier oben, war ihm klar, dass er umgehend etwas tun musste für das, was er liebte, Vogel und Luft und Mensch und Erde. Die Welt ging kaputt. Die Ignoranten waren zu mächtig. Wenn einer wie Wolf noch einmal das Wort Permafrostgeschwätz in den Mund nahm, würde er mit Fäusten auf ihn losgehen.

Erwin sah, dass Wolf sich hinlegte und der Sanitäter sich neben ihn kniete. Vielleicht hatte Wolf einen Schwächeanfall, seine tote Frau wiederzusehen hatte ihm wahrscheinlich zugesetzt. Mit einer Kopfbewegung bat der Sanitäter Erwin zu sich. Erwin sollte Wolfs hochgeschobenes T-Shirt festhalten. Verstört schaute er auf den bleichen Oberkörper, auf die geröteten Schnitte und Schrammen in der Flanke. Was zum Teufel hatte der bloß gemacht? Warum hatte er nichts gesagt? Noch eben hatte sich Erwin vorgestellt, auf Wolf einzuprügeln, und jetzt lag der da wie ein ausgepeitschter Hund. Der Sanitäter desinfizierte und hantierte. »Sie fliegen als Nächster«, sagte er. »Nein«, sagte Wolf, Gesicht unter der Mütze, »ich bleibe.« Armer Teufel, dachte Erwin, blöder Hund.

Der Heli kam und ging, kam und ging, brachte Wasser, holte Amai, holte Gret. Es war Amai, die gezittert hatte, nicht Gret. »Bis nachher«, hatte Sepp gerufen, aber Gret schien es nicht gehört zu haben. Jetzt waren nur noch Männer übrig, die tote Lara zählte nicht. Die Reihenfolge war geregelt: Juri, Erwin, Sepp und Wolf. Sepp hatte plötzlich keine Eile mehr. Ob er Amai wiedersehen würde? Er trug ein paar Bilder in sich, die er nicht vergessen wollte, das neueste war nun das rote Haar von Amai am Seil, wie es himmelwärts fuhr. Dass sich die Eingeschlossenen draußen noch einmal trafen, war unwahrscheinlich. Zwar hatte Erwin der Lange alle Adressen notiert, doch wozu, das hatte er nicht gesagt. Wolf wollte seine Tote kaum im Beisein der Unglücksgruppe begraben, und Gret wollte nicht mit Amai Kirschen essen. Vielleicht wären sie alle in der Zeitung erschienen – »Dramatische Bergung von neun Personen« – aber da nun fast ein ganzes Dorf verschüttet war, würde sich die Presse wohl darauf konzentrieren.

Er schaute hinüber zu den schwarzglänzenden Schwalmhörnen und zum Fuhrstock, seinem liebsten Berg, weil er rechts im Profil immer leicht teuflisch lachte. Mit dieser Sicht war es nun vorbei, zum Berghau würde er nicht mehr kommen, Aufbauen lohnte nicht, zu kaputt alles. Und was unterm Schutt begraben war, das war nichts wert. Nix. Das billige Mobiliar, die defekte Küche, sein Portemonnaie mit seinen überzogenen Kreditkarten.

Den Milchtrichter, den hätte er gern gehabt.

Der Sanitäter ließ sich neben ihm nieder. »Sind Sie der Verantwortliche hier?« Was sollte jetzt das? Wollte man ihm etwas anhängen? Konnte er etwas dafür, dass der Berg zu Tal ging? Sepp spuckte aus, so weit er konnte. Der Fuhrstock grinste. »Ich heiße Joe«, sagte der Sanitäter. Na also, das klang doch schon ein bisschen besser. »Sepp«, sagte Sepp. »Und mir gehört der Schutthaufen da, wenn es das ist, was du wissen willst. Gehören ist zu viel gesagt, gepachtet hab ich ihn, als er noch ein Haus war. Und eine Bergwirtschaft eingerichtet. Älplermagronen, Suppe.« »Schöner Platz«, sagte Joe, worauf sie sich anschauten und lachten. Welcher Teil von Hochtann verschüttet sei, wollte Sepp wissen, und als Joe sagte, das Zentrum und das Oberdorf, schwieg Sepp. Dass auch noch sein Haus im Dorf kaputt war, ging diesen Joe nichts an. So verdammt viel Pech behielt er lieber für sich. Wenigstens hielt das Schweigen nicht an, weil Joe alles wissen wollte über die anderen hier oben. Die habe er bis vorgestern nicht gekannt, sagte Sepp, außer Gret. Gret? Ja, die Blonde, die gehöre zu ihm. Die Rote gehöre zum Langen. Und die Tote zu dem mit der Mütze. Und der Junge, der sei allein hier aufgetaucht, behaupte, seine zwei Freunde seien abgestürzt. Und ja, die zwei Japanerinnen, die seien als Erste gekommen, um bei ihm was zu trinken. Dann sei der hintere Hausteil eingestürzt, und die eine Japanerin habe es am Bein erwischt. »Übler Bruch«, sagte Joe. Sepp hatte wieder genügend Spucke und schoss sie raus. »Ich hab gemacht, was ich konnte«, sagte er.

Sepp sah zu, wie der Junge geholt wurde.

Er sah zu, wie der Lange geholt wurde.

Er hatte noch immer keine Eile.

Was wollte er überhaupt dort unten?

Und als er in die Rettungswindel stieg und abhob und sein toter Berghau ausgestreckt unter ihm lag, tat ihm der Schädel weh von den drängenden Tränen. Er sah noch, wie Wolf vor den Trümmern auf und ab lief und etwas schrie. Der Hund war weg.

2

An einem strahlenden Julimorgen

Um acht Uhr, knallblauer Himmel, wandern sie los. Sie wollen hinauf zur Rutti-Lücke und von da ins Weilertal. Die Lücke sieht aus, als habe eine große Hand die zackige Bergkette tief nach unten gedrückt, als sie noch weich war.

Sie haben im Gasthof Älpi übernachtet, einer Wirtsstube mit drei Zimmern im ersten Stock, Dusche im Gang. Am Abend gab's einen Älpi-Teller, mit Kräuterkäse und Ziegenwurst – sie hätten einen im Tal, der das macht, sagte die Wirtin –, am Morgen gab's lauwarmen Kaffee. Kein Ort zum lange Bleiben. Sie gehen zügig voran, auch wenn einer leicht hinkt, erst mal geradeaus. Das Tal ist noch im Schatten, achtzehn Grad die Luft, es ist genau ein Jahr her, auch damals der achte Juli, nur war es ein Montag, und heute ist Mittwoch. »Der rechts ist der Fuhrstock«, sagt Arne, und Wolf sagt: »Ich würde ihn umtaufen.«

Der Weg ist breit genug zum Nebeneinandergehen.

Wenn sie wollten, könnten sie reden.

Wolf hat die grüne Mütze auf, Made in Ireland.

Der Hund ist weit voraus.

»Soldanella«, sagt Arne. »So hieß das Edelhotel damals vor der Wanderung. Ich wusste nicht, dass ihr so schweineteuer übernachten würdet.«

»Wärst du sonst nicht mitgekommen?«

»Doch.«

»Wir wussten auch nicht, dass wir da landen würden, hinter elektrisch gesteuerten Samtvorhängen. Lara hat sich totgelacht.«

Ein schrecklicher Satz.

Erschrocken hören sie auf zu reden.

Arne nestelt während des Gehens eine Packung Dörrobst aus der Hosentasche. Der Hund rennt herbei, das Rascheln klingt nach Schokolade.

»Das Zeug hattet du letztes Mal auch dabei«, sagt Wolf.

»Entschuldigung«, sagt Arne.

Der Pfad wird schmal, führt im Zickzack aufwärts, im Schatten, Arne lässt Wolf den Vortritt. Der Hang auf der anderen Talseite liegt voll in der Sonne. Sie vermeiden es, bereits jetzt genauer hinzuschauen, dahin, wo's war, das kommt noch früh genug. Wolf rupft links und rechts ab, was ihm unter die Hände kommt, Blätter, Farn, Gras, manchmal riecht er dran. Er hat von Pflanzen keine Ahnung, es war Lara, die Bescheid wusste. Manchmal blieb sie stehen und öffnete die Bestimmungs-App auf ihrem Handy. Es war Lara, die wandern wollte. Für ihn war's eine Gelegenheit zu dozieren, ohne dass sie abhauen konnte. Jetzt sei einfach mal still, hatte sie manchmal gesagt.

Arne sieht, wie Wolf mechanisch an den Pflanzen rupft,

einmal an Brennnesseln. Arne lacht. »Was?«, ruft Wolf nach hinten.

»Deine Schuhe grinsen«, sagt Arne, »haben ein Gesicht an der Ferse. Sind die neu?«

»Alles ist neu«, sagt Wolf, »ich habe alles weggeworfen, was ich damals trug. Außer der Mütze. Hat mir Lara in Irland gekauft.«

Arne schluckt. Er wird sie nicht los, die Eifersucht. Es scheint, dass alle schlechten Gefühle auch rückwärts funktionieren, bis tief in die Vergangenheit – Eifersucht, Neid, Wut. In Irland waren sie also auch, die zwei, das hat er, Arne, nicht mal gewusst. Und jetzt ist er eifersüchtig, wenn er sich vorstellt, dass Wolf mit Lara auf einer Klippe saß und unten das grüne Meer rauschte. Wolf bleibt stehen, dreht sich um:

»2016. Da hast du sie noch gar nicht gekannt. Ich hab sie dir Weihnachten 2017 vorgestellt, als du vom Zivildienst zurückgekommen bist, kahl.«

Kann Wolf meine Gedanken lesen, denkt Arne, auch wenn ich hinter ihm laufe?

»Ja, kahl«, lacht Arne und greift sich in seinen vollen Schopf. »Lara hat Mahatma zu mir gesagt.«

Das sei jetzt Mode, hatte Arne gesagt, worauf Lara lachte und meinte: Das hatma seit Mahatma, und ob sie mir mal über den Schädel streichen dürfe. Und seither habe ich sie geliebt. Verstehst du, Wolf, du da vorne mit den grinsenden Schuhen, und du hast nichts gemerkt, nie, ich habe sie geliebt vom 24. Dezember 2017 bis zum 10. Juli 2019, als ich erfuhr, dass sie tot war und ich nicht wusste, was ich jetzt sollte mit meiner Liebe. Was tut man mit einer Liebe, die keine Adresse mehr hat, die man nicht los wird. Wolf, du da vorne, wie machst du das.

Sie treten vom tiefen Schatten in die volle Sonne, es ist, wie wenn im Kino das Licht angeht. Wolf hat die Hände in den Taschen, es gibt nichts mehr zu rupfen, jetzt führt der Pfad über Weideland, ein paar Schafe drehen den Kopf, ein paar Krähen flattern auf. Wolf dreht sich um, schiebt die Mütze in den Nacken und schaut auf die andere Talseite. »Dort«, sagt er, »die Nauenspitze, siehst du?«

»Ja.«

»Jetzt links eine Handbreit runter, da ist ein kackbrauner Hang.«

»Ja.«

»Und links darunter Bäume, Bäume, Bäume, Bäume.«

»Ja.«

»Und drin die Andeutung einer Schneise.«

»Ja.«

Arne schaut, sagt nichts. Er hat die kleine Gondelbahn, die diese Schneise hochfuhr, nie gesehen. Er ist mit Wolf und Lara ja von der anderen Seite der Nauenspitze zu Sepps Hütte gekommen und hat sich nachts wieder davongemacht. Nur Wolf weiß, wie es dort aussah, in der Endstation der Gondel, wo die tote Lara lag. Er, Arne, weiß nur, wo die lebendige Lara zuletzt gelegen hat: neben ihm auf dem Bretterboden und zwischen ihnen der Hund, und sie hat im Dunkeln gelacht, und er hat das Lachen aufgefangen wie Luftschlangen.

Wolf starrt auf die andere Seite, als laufe dort ein Film ab, der sich nicht stoppen lässt.

»Gehen wir weiter?«, fragt Arne, aber Wolf scheint ihn nicht zu hören, also läuft Arne schon mal los, langsam, stetig, dreht sich nicht um. Wenn es bergauf geht, wird sein Hinken unauffälliger. Sie haben sich vorgenommen, erst zu rasten, wenn sie hoch genug sind, um die Mulde zu erblicken, wo Sepps Hütte gestanden hat. Vielleicht sind noch ein paar Trümmer zu sehen. Sie haben abgemacht, dass sie noch einmal die Wunde im Berg sehen wollen – den Platz, wo Lara gestorben ist. Die Frau, die sie beide geliebt haben.

Dass auch Arne Lara geliebt hat, das weiß Wolf inzwischen.

Letzte Weihnachten in der Blauen Bar hat er es ihm gesagt.

Es ist warm jetzt, der Tag wird schön.

Wolf ist froh, dass nun Arne vorausgeht, er hat vorher das Gefühl gehabt, Arne beobachte ihn von hinten. Niemand soll ihm ansehen, nicht hinten und nicht vorne, wie er sich fühlt auf diesem merkwürdigen Ausflug, der so etwas wie eine Wallfahrt ist.

Eine Wallfahrt zu Santo Dolore. Zum Heiligen Schmerz. Ach was.

Sola hat auf ihn gewartet und bleibt nun an seiner Seite. Schon ein ganzes Jahr ist sie bei ihm. Niemand hat sie gesucht und zurückverlangt damals nach der Katastrophe. Wolf weiß nichts von ihrer Vergangenheit. Der Tierarzt schätzt sie auf vier, fünf Jahre, sie ist kastriert und vom Ohr ist ein Stück abgeschnitten, von diesem seidenweichen Läppchen, das Wolf zwischen den

Fingern reiben kann wie als Kind die glänzende Einfassung seiner Wolldecke. Sola schläft auf Laras Bett. Sola schläft im Institut unter seinem Schreibtisch. Wolf hat mit Unterstützung der psychologischen Beratungsstelle dafür eine Spezialbewilligung erhalten. An Wochenenden geht er mit Lara wandern, an den Rändern der Stadt. In die Berge will er nicht mehr. Das hier, diese Wallfahrt, ist eine Ausnahme. Es war Arne, der den Vorschlag gemacht hat.

Arne ist stehen geblieben, er schaut nicht nach unten und nicht nach drüben, er schaut auf seine Schuhe, es sind noch dieselben. Selten kauft er sich etwas, nicht nur, weil er nie Geld hat, sondern weil Kaufen ihn unfroh macht. Vielleicht habe ich eine Behinderung, denkt er, eine seelische Allergie gegen Besitz und Besessenwerden.

Nur etwas Allereinziges hätte er gerne gehabt. Lara.

»Warte«, ruft Wolf, »Sola hat eine Zecke. Sola, sitz!«

Sie setzen sich alle drei, Wolf fährt ein paarmal streichelnd über Solas Kinn und reißt die Zecke aus. »Da«, sagt er und hält sie, zwischen Daumen und Zeigefinger geklemmt, Arne vors Gesicht. »Mehrdeutiges Fingerzeichen«, sagt Arne. »Heißt es Okay? Oder White Power? Oder hättest du gerne Sex mit mir?« »Es heißt Zecke«, lacht Wolf und lässt sie fallen. »Igitt«, sagt Arne und springt auf, »du Scheußling, du bleicher.«

Ihr Lachen ist gut und tief wie früher.

Manchmal überlege er sich, sagt Arne, ob es sich überhaupt lohne, etwas mitzuteilen, weil jede Mitteilung –

wie dieses Fingerzeichen – sich verschieden lesen lasse. »Kein Wort kommt kongruent beim andern an«, sagt er, »totale Verständigung ist eine Illusion.« »Du übertreibst maßlos«, sagt Wolf. »Wenn du dem Arzt mitteilst, dass dein Bein schmerzt, kannst du immerhin sicher sein, dass er dir nicht deinen Kopf amputiert.«

Wieder das alte, vertraute Zusammenlachen.

»Wenn ich sage«, fängt Arne wieder an, »dieses Stück dunkelgrünes Moos hier ist schön, und du dann sagst, Ja, das ist schön, wie können wir dann wissen, ob wir das Gleiche meinen? Was ist mit schön gemeint? Dein Schön und mein Schön sind vielleicht so verschieden wie Eierschnee und Leberwurst.« »Dem Moos ist das egal«, sagt Wolf und steht auf. »Aber wir können ja im Weitergehen versuchen, uns zu erinnern, was das Erste war, das wir schön fanden. Vielleicht war's dasselbe.«

Sola rennt wieder voraus, biegt plötzlich bellend ab und verschwindet in einem niederen Gehölz. Wolf pfeift, Wolf ruft, Wolf schreit, Sola bleibt verschwunden. »Sie gehorcht nie«, sagt Wolf, »und wenn ich schimpfe, versteht sie nicht warum.« Als er als Letzter auf den Heli gewartet habe, sei sie auch verschwunden, er habe gesucht und gerufen wie blöd. Und als sie dann endlich aufgetaucht sei, habe sie ausgesehen, als ob sie lache.

»Soll ich mal?«, fragt Arne. »Sola, komm!« Und da knackt es im Gehölz, und Sola rennt herbei, und sie sieht aus, als ob sie lache.

»Gemein«, sagt Wolf.

Nach der Baumgrenze bleiben sie stehen. Arne klaubt sein Dörrobst aus der Tasche. »Ich weiß es wieder«, sagt er, »mein erstes Schönstes: ein Frauenschuh.«

»So früh ein Fetischist?«

»Frauenschuh ist eine Blume. Sieht aus wie ein knallgelber Pantoffel für einen runden Fuß, drüber ein paar dunkelrote Blättchen. Hat mir meine Mutter gezeigt und verboten zu pflücken.«

»Wie alt warst du da?«

»Vier oder so.«

»Seltsam«, sagt Wolf. »Mein erstes Schönstes war auch was mit Fuß. Ein Mädchen im Kindergarten mit Goldkettchen ums Fußgelenk.«

»Wie hieß sie?«

»Elvira, und sie ist tot. Ertrunken.«

Sie bleiben noch eine Weile stehen und denken an Elvira, ans Schönste, ans Früheste. Sepps Mulde auf der anderen Talseite ist noch nicht zu sehen, die Nauenspitze sticht in die pralle Himmelsbläue wie in einen Ballon.

Wolf versucht auszurechnen, wie oft Arne mit Lara und ihm zusammen war, dreimal an Weihnachten in der Blauen Bar an Heiligabend, daraus haben sie eine Tradition gemacht, dreimal bei Wanderungen durchs Mittelland, etwa zwölfmal im Kino Oldie, weil alle drei Fünfzigerjahrefilme mochten, einmal per Zufall an der Uni, am Menschenrechtstag, nie bei Wolf und Lara zu Hause und bei Arne schon gar nicht. Der wohnt immer noch in seiner Billigbude über der Bus-Garage, allerdings hat er alles frisch gestrichen und einen neuen Kochherd und

Boiler installiert. Dann noch die letzte Wanderung, das macht zwanzig Treffen, verteilt über zweieinhalb Jahre, also dreißig Monate, reicht das, um eine richtige Liebe am Leben zu erhalten? Haben sich Arne und Lara vielleicht noch heimlich getroffen? Nein, das hätte sie ihm gesagt. Es war auch nie Lara, die Arne zu irgendwas eingeladen hat, das war immer er, good old bourgeois Wolf.

»Warum bist du eigentlich damals mitgekommen?«

»Warum nicht?«

»Weil du Berge nie mochtest, nur fladenflaches Land.«

»Ich wär auch mit in die Erdkruste abgestiegen.«

Mehr sagt Arne nicht, und würde er, dann hieße das: mit Lara, mit Lara, mit Lara. Warum hab ich es bloß nie gemerkt, denkt Wolf.

Arne lutscht eine Dörrpflaume und steckt den abgenagten Kern in die Hosentasche. Würfe er ihn weg, würde Sola hinterherrennen und sich womöglich noch dran verschlucken, was für ein Drama für Wolf. Seine geliebte Sola. Seine neue Geliebte. Sie schlafe auf Laras Bett, hat Wolf gesagt. Tausendmal hat er sich vorgestellt, was Wolf und Lara auf diesem Bett machen, er weiß, wie Wolf nackt aussieht. Was hat er Nacktes von Lara gesehen? Füße – zart und schmal, Waden – rund und gebräunt, Knie – Muttermal in rechter Kehle, Arme – mit Blondflaum, Hände – kurz und hell, Schultern – mager, Nacken – anmutig, wenn sie das Haar hochschob. Das Gesicht war nie nackt, es lag immer irgendein Gefühl darauf. Was hat er Nacktes von Lara berührt? Die Schulter beim Umarmen, den Arm im Kino, das Ohr beim

Käfer-Entfernen, die Hand beim Zäune-Überklettern. Und einmal hat er sie so innig umarmt, dass seine Lippen auf ihren Hals trafen und dort blieben, bis sie sich wegduckte.

Tausendmal hat er sich vorgestellt, wie es wäre.

Jetzt ist Wolf wieder vorne und lacht mit den Fersen. Arne ist schon müde, aber das behält er für sich. Seit zweieinhalb Stunden sind sie jetzt unterwegs.

»Glaubst du, dass man sich ändern kann?«, ruft Wolf nach hinten.

»Warum jetzt das?«

»Warum nicht?«

»Denkst du immer so zickzack?«

»Etwas denken muss man ja wohl.«

»Ich weiß nicht, ob man sich selber ändern kann. Vielleicht kann man sich ändern lassen von jemand.«

»Möchtest du dich ändern lassen?«

»Ja.«

»Ich mich auch.«

»Dann können wir ja einfach tauschen.«

»Ich will aber sein wie Margaret Thatcher.«

Wolf lacht und schiebt dem Lachen einen grellen Jauchzer nach und Sola tut erschrocken einen Sprung seitwärts.

Arne ist froh, dass ihm so etwas Lächerliches wie Margaret Thatcher eingefallen ist. Er hätte Hemmungen, Wolf zu sagen, wie er wirklich sein möchte: wie Bastien, der grüne Politiker, so schön und elegant, so stoisch gegen Anfeindungen, so unbeirrt in seinem Kampf für das Wohl der Welt. Taucht er am Bildschirm auf, schaut ihm Arne bewundernd zu. Wolf würde sich kranklachen, wenn er es wüsste. Wolf bewundert niemanden. Wolf kann alles blitzschnell entzaubern. Zumindest war das so bis vor einem Jahr. Seit Lara tot ist, wirkt er oft, als wünschte er, Gefallen zu finden, woran auch immer. Und jetzt würde er sich auch noch gern ändern lassen ...

Wolf bleibt stehen. »Was glaubst du, wo ist sie?«

»Margaret Thatcher?«

Wolf bleibt ernst. Natürlich weiß Arne, wen er meint.

»Manchmal«, sagt Wolf, »glaube ich, sie sei in der Buche vor meinem Fenster.«

»Ich glaube, dass sie jeweils genau da ist, wo wir glauben«

»Das klingt nach Geschwätz.«

»Ist es wohl auch«.

»Sie ist ganz einfach tot.«

Ganz einfach, möchte Arne sagen, aber er schluckt es runter.

Wolf schaut hinüber zur Nauenspitze. Sie sind noch nicht hoch genug für die Aussicht auf den Ort des Schreckens. Lara, wo bist du? Ob es noch eine andere Welt gibt als diese hier mit den Disteln und dem Schafdreck unter den neuen Schuhen. Mit dem Schatten eines Raubvogels und den vier Hundepfoten, die den Disteln ausweichen. Mit dem angedeuteten halben Mond im sonst reinblauen Himmel. Mit den Unvorhersehbarkeiten vor ihm und dem schwer durchschaubaren Arnemensch hinter ihm. Gibt es noch eine andere Welt, ohne eine Viereinhalbmilliardengeschichte, eine ohne Anfang und Ende?

»Wie weit ist es noch?«, ruft Arne von hinten mit Quengelkinderstimme.

Wolf bleibt wieder stehen und winkt Arne nach vorne. Der tut, als keuche er sich die Lunge aus. »Ich hab genug davon«, sagt er, als er Wolf überholt, »mir dauernd vorzustellen, was du da vorne denkst.«

»Du kannst ja auch mal was denken«, sagt Wolf.

»Wie geht das?«

»Du machst am Scheitel den Reißverschluss auf und lässt Sauerstoff in den Kopf.«

»Ich hab keinen Scheitel«, sagt Arne und fährt sich durchs Wuschelhaar.

»Stimmt«, sagt Wolf, »das hat Lara gefallen.«

Arne stutzt. Ob Lara wirklich mal zu Wolf gesagt hat, was ihr an ihm gefiel. Ihm, Arne, hat sie es nie gesagt. Gesagt nicht, mitgeteilt schon. In ihrem Gesicht hat er es lesen können: Arne, du gefällst mir, Arne, ich mag dich, Arne, sei mein Freund. Er weiß, wo sie jetzt ist: da, wo sie immer war – in seinem Kopf. Dem Kopf ohne Reißverschluss. Da bleibt sie drin.

Elf Uhr jetzt. Wolf hat sich hingelegt, das Gras sei hier weich wie Spinat. Wahrscheinlich, denkt Arne, fürchtet er den Blick nach drüben. Denn bald sind sie so weit. Auch Arne streckt sich aus. Sie blinzeln in die Sonne. »Etwas war schön damals«, sagt Wolf, »da warst du nicht mehr dabei. Nach der Nacht, in der du abgehauen bist, hat sich Juri ans offene Fenster gestellt und gesungen. Here comes the sun. Sie kam schnell und rot. Das ganze Lied hat er gesungen. Mit ein bisschen Zittern in der Stimme.«

Arne versucht stumm, die Melodie herbeizuholen, aber es gelingt ihm nicht. »Was er jetzt wohl macht«, fragt er, »dieser Juri?«

»Was sie wohl alle machen, die anderen«, fragt Wolf zurück.

»Vielleicht plant mal jemand eine Zusammenkunft, mit Fondue-Essen, oder lädt zur Hochzeit ein, die Amai und wie hieß er wieder.«

»Möglich wär's.«

»Bist du dann auch dabei?«

»Nur, wenn du mich erschießt und als Leiche hinträgst«.

»Das ist mir zu mühsam.«

»Den Juri hab ich gemocht. Der war so heilsam ehrlich. ›Ich wäre nicht gern tot‹, hat er gesagt.«

Sola legt sich zwischen Arne und Wolf. Sie stinkt ein bisschen, hat sich irgendwo gewälzt. Wolf streichelt sie trotzdem.

»Und wenn an diesem Fondue-Essen die Gret einen Striptease machte, kämst du dann?«

»Wie hast du mich vorhin genannt?«, lacht Wolf. »Bleicher Scheußling? Bist selber einer.«

»Das ist das, was uns verbindet.«

Wolf rollt sich auf die Seite, und Arne sieht erstaunt das Schütteln seines Rückens. Wolf weint.

Wolf weint, weil sie Freunde sind. Immer noch Freunde, wieder Freunde. Weil Freundschaft etwas Lebendiges ist und weil Lebendiges an Totes erinnert. Weil Lara ihn verlassen hat. Weil er Lara zu selten umarmt hat. An ihrem letzten Tag nicht, an ihrem zweitletzten Tag nicht, an ihrem drittletzten Tag nicht. Weil er sich von ihr hat küssen lassen im Berghau, nachts, aber den Kuss nicht richtig zurückgegeben hat. Weil er ein Versager ist, ein Verlierer, Verlorener, Vergessener, Verwirrter, Verirrter. Ein Verzweifelter. Er steht auf und geht weiter und das Weinen versackt, und die Sonne trocknet sein nasses Gesicht, und Arne hinter ihm spricht mit Sola. Sie sprechen über Durst und Fliegen und Schweißdrüsen.

Arne ist verlegen, er hat Wolf noch nie weinend erlebt, was ist jetzt zu sagen. Er würde gerne neben Wolf gehen und ihn von der Seite mit dem Ellbogen rammen und »Kumpel« sagen, mehr nicht. Aber der Pfad ist schmal, nur ein Hintereinander ist möglich. Wie lange dauert denn dieser elende Aufstieg noch, und war der Ausflug überhaupt eine gute Idee? Nun, das wissen sie frühestens danach.

Ganz plötzlich eröffnet sich ein kleines Plateau, wie gemacht zum Stehenbleiben und den Hang unter der Nauenspitze zu scannen. Ja, da ist sie, die Berghau-Mulde, die Todes-Zone, umgeben von glattem schwarzem Fels und dunkelgrau gesprenkelten Halden, das muss Schutt sein, Geröll. Auch ein kleines Stück Grün ist da – die abschüssige Wiese. Und ein undefinierbarer Haufen – der kaputte Berghau. Sepps Feuer, wäre es denn zustande gekommen, hätte man von hier aus gesehen. Wäre denn jemand hier gewesen. Wäre, wäre.

Wolf und Arne setzen sich, und ins Schweigen hinein beginnt Sola zu bellen, so als komme jemand von Weitem auf sie zu.

Dort also.

Dort ging Laras Leben zu Ende.

Arne öffnet seinen Rucksack, denselben wie letztes Jahr, und holt den Flachmann heraus, denselben wie letztes Jahr, daraus haben sie alle drei auf der Wanderung getrunken, an der sonnenwarmen Stallwand, Whiskey, denselben wie letztes Jahr, Jim Beam, Bourbon, 21,50 von Coop. Vielleicht findet Wolf das geschmacklos, schlägt ihm den Flachmann aus der Hand, sagt, fahr zum Teufel.

Nein, Wolf sagt nichts. Er nimmt den Flachmann entgegen, schraubt ihn langsam auf, hebt ihn zum Mund und nimmt in Andacht einen Schluck, zeremonienmäßig.

Arne ist erleichtert. Sie brauchen nicht zu reden, sie machen mit Whiskey die Zungen taub. Er versucht das Geröllfeld drüben auszumachen, über das er im Halbdunkeln abgehauen ist, schlitternd, rutschend, strauchelnd, und die Steilwand, über die er in die Tiefe gestürzt ist. Aber das sieht von hier aus alles gleich aus: gefallener dunkler Berg.

An den Aufprall kann er sich nicht erinnern, er war gleich bewusstlos, abends um acht Uhr sei er gefunden worden, hieß es, von einem Mann namens Berner. Auch an den Mann namens Berner kann er sich nicht erinnern. Das erste Gesicht, das er im Augenwinkel wahrnahm, war eine Pflegerin. Sie sagte: »Na, also.« Den Kopf drehen konnte er nicht mehr, die Arme bewegen auch nicht, aber reden, das ging noch. Die Wörter kamen ganz intakt heraus. Berghau, Gasthaus, Sepp, neun Personen, eingeschlossen.

»Weißt du eigentlich, wer dich gefunden hat?«, fragt Wolf.

»Ja, der Mann war auf dem Weg zu seinen Bienenkästen, wollte sehen, ob sie noch stehen. Man hat mir seine Nummer gegeben, und ich hab da Wochen später mal angerufen. Als ich sagte, wer ich bin und dass ich noch lebe, hat er gesagt: Sonst würden Sie ja wohl nicht anrufen. Und auf mein Danke hat er gesagt: Geht in Ordnung.«

Wolf wirft sich auf den Rücken und lacht. »Du warst ein Fundgegenstand, und dein Finder hat als Finderlohn mehr als dein Danke erwartet. Zumindest hättest du ihm sagen müssen: Wenn Sie auch mal in die Tiefe stürzen und bewusstlos liegen bleiben, zahl ich es Ihnen heim.«

»Ich finde Dankesagen voll in Ordnung. Ich danke ununterbrochen.«

»Wem?«

»Den Schuhen, dass sie nicht drücken, dem Lokomotivführer, dass er nicht einschläft, dem Kiefer, dass er die Zähne festhält, der Sonne, dass sie wahrscheinlich wieder aufgeht, dem Wort Paragraph, dass es sich durch ein Zeichen ersetzen lässt, oder Herrn Eduard Mörike für einen Reim.«

»Wie geht der Reim von Herrn Mörike?«

»Gelassen stieg die Nacht ans Land, lehnt träumend an der Berge Wand.«

»Vielen Dank.«

»Schön, nicht?«

»Gipsverband. Grabesrand. Schützenstand. Reimt sich auch auf Nacht an Land.«

Arne stöhnt.

Wolf hat eigentlich angenommen, dass sie an diesem Aussichtspunkt zusammen still an Lara denken werden, lautlos ihre Trauer ausziehen und sie für immer hier liegen lassen. Aber nein, was machen sie? Sie reden und reden. Er blickt hinüber zum Katastrophenberg und denkt: Let's go. Die große Erschütterung ist ausgeblieben, und zu glauben, dass er hier so etwas wie Läuterung erleben wird, war eine Illusion. »Komm«, sagt er und zieht Arne hoch, »Schluss mit der Berge Wand. Gehen wir weiter.«

»War's das?«, fragt Arne, erstaunt.

Noch etwa eine Stunde bis zur Rutti-Lücke. Diesmal ist Arne vorne. Wolf setzt seine Schuhe auf dieselben Steine und Stufen wie er. Stumm steigen sie hoch. Sola hechelt. Nach einer Weile bleibt Wolf stehen und ruft »Danke« und sieht an Arnes Schrittwechsel, dass er es gehört hat. Erst einige Wegkehren höher bleibt Arne stehen und fragt: »Wofür?«

»Danke, dass du mein Freund bist.« Ist Wolf jetzt rot geworden, oder war er es schon vom Aufstieg?

»Danke auch«, sagt Arne, verlegen. »Dass du es immer noch bist.« Obwohl ich deine Frau geliebt habe, das braucht er Wolf nicht mehr zu sagen. Er hat es ihm einmal gesagt. Das reicht.

Die Mulde mit Sepps Berghau ist nicht mehr zu sehen, ist in einer Felsfalte verschwunden. Dafür erblickt man jetzt einen Teil von Hochtann, den unteren Teil, der noch steht – ein paar Häuser, eins etwas größer, vielleicht ein Gästehaus, friedlich sieht das aus, Legoteile auf grünem Tuch, von der Mittagssonne angestrahlt. Vom Rest des Dorfs ist in den Medien immer mal wieder ein Bild zu sehen, Schutthaufen, Ruinen. Nachdem man alle Vermissten ausgegraben – dreiundvierzig verletzt, neunzehn tot – und die Kirchenglocke geborgen hat, sind die Aufräumarbeiten eingestellt worden. Das alte Fresko hinter der Altarwand, eine dunkle Madonna, ist endgültig zerstört. Aus dem Dorf wird nichts mehr. »Sepp kommt von dort«, sagt Arne. »Gopfertami«, sagt Wolf mit Sepps tiefer Stimme.

Auf der Rutti-Lücke mit Blick ins Nachbartal, während sie ihren Proviant auspacken, fragt Wolf: »Glaubst du, dass man die Welt besser machen kann?« Arne kaut und kaut an seinen getrockneten Lammfleischstreifen. Schließlich sagt er: »Ich glaube nicht viel.«

»Faule Antwort«, sagt Wolf.

»Besser faul als falsch.«

»Was wäre denn die falsche Antwort?«

»Ich glaube nicht, dass man die Welt besser machen kann.«

»Wenn das die falsche Antwort ist, dann wäre die richtige: Ich glaube, dass man die Welt besser machen kann.«

»Nein, das glaube ich nicht.«

»Du sprichst, höflich gesagt, etwas unklar.«

»Ich glaube nicht, dass man die Welt besser machen kann. Ich weiß, dass man die Welt besser machen kann.«

»Ach so. Und du hast nicht etwa einen Sonnenstich?«

»Nein, bin ganz cool.«

»Und warum weißt du, dass man die Welt besser machen kann?«

»Weil so viele dran glauben.«.

Wolf wirft seinen Apfel nach Arne. Der duckt sich. Der Apfel rollt talwärts.

Es tut gut, mit Arne zu reden, denkt Wolf. Er hackt nie auf mir rum. Sagt nie: Eben, da siehst du's. Eben, da hast du's. Sagt nie: Klimaleugner, der du warst. Er lässt mich sein. Und das will ich, sein, einfach sein. Will mir das Sein nicht nehmen lassen. Von Tod will ich nichts mehr hören. Er hat Arne nicht gesagt, dass er letzten Herbst auf den Klimademos war. Arne hätte gar nicht dabei sein können, der lag noch in der Reha. Also war er allein mit Sola unterwegs, zwischen Tausenden von Permafrostschwätzern, leicht verwundert, dass er jetzt auch einer war. Und als Sola auf die Straße kackte und er den Hundekackbeutel aus der Tasche zog, war er kurz verunsichert, weil der aus Plastik war. So einer ist er jetzt, und das ist schon fast zum Lachen.

»Was lachst du?«, fragt Arne.

»Ich lache nicht.«

»Warum nicht?«

»Lach *du* doch.«

Der Himmel ist dunkelblau, makellos, über schneeweißen Bergspitzen. »Wenn jetzt noch Schmetterlinge durchs Bild flögen«, sagt Arne, »wär das schon Kitsch?«

»Warum? Schön darf doch schön sein.«

»Und wenn die Schmetterlinge knallrosa wären?«

»Gibt es das?«

Sola bellt wieder. Scheinbar ohne Grund.

»Ich kann dir sagen, was Kitsch ist«, sagt Wolf. »Was wir hier machen, ist Kitsch. Wir steigen vier Stunden auf und drei Stunden ab, um an Lara zu denken, und finden das eine schöne Sache. Sie ist aber voller rosa Schmetterlinge, diese Sache.«

»Warum?«

»Weil wir uns vormachen, an Lara zu denken, aber eigentlich an uns denken, ich an mich, du an dich. Darum. Weil Lara nicht mitdenken kann. Darum. Weil sie nichts davon hat. Darum. Weil Lara tot ist. Darum ist dieser schöne Ausflug eine höchst kitschige Veranstaltung.«

»Ein rosaroter Kraftakt?«

Wolf lacht. Und stöhnt. Ihm tut bereits jetzt alles weh. Er ist ein Jahr lang nicht mehr so weit gewandert. Wenigstens geht es jetzt dann bergab. Er sieht, dass Arne vorsichtig seine Beine massiert, er war nie ein Bergsteiger, immer nur ein Geradeausgeher. »Kraftakt« hat er den Ausflug genannt. Es tut Wolf leid, dass er von kitschiger Veranstaltung gesprochen hat. Aber Arne würde nicht hören wollen, dass es Wolf deshalb leidtut, weil er Arne möglicherweise damit verletzt hat.

Dieses leidige Kommunikationstheater, es hört nie auf. Arne hat recht. Gespräche sind Slalom.

»Manchmal erwache ich nachts und meine, ich sei wieder eingeschlossen, wie oben beim Sepp«, sagt Arne. »Nicht abhauen können, eingeschlossen sein, das halte ich fast nicht aus. Ich wäre ein schlechter Sträfling.«

»Kommt drauf an, wer noch mit in der Zelle ist.«

»Bitte nicht Sepp und Gret, bitte keine Japanerinnen, bitte niemand.«

»Also Einzelhaft. Hast du ja. Wie ich. Alle haben Einzelhaft. Niemand kann aus seiner Haut.«

»Jeder ist allein, meinst du das?«

»Ja. Wenn man's so richtig zu Ende denkt, ja.«

»Aber es gibt doch Freundschaften.«

»Ja, Freundschaften sind schön.«

»Na also.«

»So schön wie der Hofgang im Knast. Nach einer Stunde ist er um.«

»Du bist ein bleicher Scheußling.«

»Sei trotzdem mein Freund.«

Sie essen schweigend alles auf, Wolf schüttelt sogar seinen Rucksack aus, und Arne schaut in allen Taschen nach, ob nicht noch etwas Essbares zu finden sei. Er findet die zerknautschte OP-Maske und zupft sie in Form. Seit vorgestern gilt wegen Corona Maskenpflicht in Bus und Bahn. Vielleicht sollte er sie sich schon hier oben umlegen, damit er weniger redet. Vielleicht hat Wolf genug von seinem Geschwätz. Ächzend steht er auf. Sola rennt um Wolf herum, freut sich, dass es weitergeht. Es ist zwei Uhr. Die Schatten sind so kurz, als hätte man sie abgeschnitten.

»Schau dich noch einmal um«, sagt Wolf, »da gehen wir nicht mehr hin.« »Wohin denn dann?«, fragt Arne, aber da ist Wolf bereits eine Wegkehre tiefer und scheint nichts mehr zu hören. Wohin denn dann. Wohin denn dann. Arne setzt seine Gedanken in Schritte um. Immer zweimal. Wohin mit mir. Wohin mit mir. In zehn Jahren, wo. In zehn Jahren, wo. Und wo in fünf. Und wo in fünf. Was will ich, und wer will was von mir. Was will ich, und wer will was von mir. Was kommt auf mich zu, und was geht von mir weg. Was kommt auf mich zu, und was geht von mir weg. Wie möchte ich sein. Wie möchte ich sein. »Was redest du?«, fragt Wolf, der sich nach Arne umdreht. »Ich rede gar nicht.« »Doch, du bewegst die Lippen wie eine kauende Geiß.« »Ich habe mich nur etwas gefragt.« »Scheint eine lange Frage gewesen zu sein.« »Ich frage mich, wo wir in zehn Jahren sind und mit wem und warum, und was wir dann machen und ob gut oder schlecht oder gern oder ungern, und ob wir uns noch sehen oder nicht, und wenn ja, extra oder per Zufall, und ob ich mir bereits etwas wünschen soll.«

»In zehn Jahren«, sagt Wolf, »soll Sola noch am Leben sein, das wünsch ich mir.«

»Das ist alles?«

»Ja. Alles andere hoff ich bloß.«

»Wünschen und hoffen ist ja wohl dasselbe.«

»Wünschen ist etwas haben wollen, auch wenn es nicht erfüllbar ist. Hoffen ist etwas haben wollen – in der Zuversicht, dass es möglich ist.«

»Weißt du überhaupt, wie alt Sola jetzt ist?«

»Etwa fünf.«

Arne weiß nicht, wie alt Hunde werden. Der Wunsch stirbt bald, wenn keine Hoffnung ihm Nahrung gibt – von wem ist dieser Satz schon wieder? Von irgendeinem gescheiten Kerl. Das Gras links und rechts des Pfads wirkt wie helle Wolle, weich zum Sich-Hinlegen. Aber

Wolf eilt bergab. Er rennt fast. Ob er überhaupt sieht, wie bescheuert schön die Welt gerade ist? Die weichen Falten der Hänge, der geschwungene Saum des Bergwalds, das Aufblitzen des Lichts im Wasserfall. Wenn schon wünschen oder hoffen, dann das: Bleib so, wie du bist, Welt. Lass dich von uns nicht kaputtmachen. »He!«, ruft Arne. »Schau mal, dort blüht was wie blöd, Wollgras!«

Wolf bleibt stehen. Arne hat irgendetwas gerufen. Dieser verfluchte Arne hat sich an Lara rangemacht. Sein Freund. Immer noch sein Freund. Dieser idiotische Arne hat die gleiche Frau geliebt wie er. Und jetzt stolpern sie in irgendeine Zukunft. Er hat vorhin nicht gefragt, was Arne sich wünscht. »He, Arne, wünsch dir was!«

Arne rutscht und kommt knapp vor ihm zu stehen, keuchend. »Hast du etwas gesagt?«

Foto Peter von Felbert

ANGELIKA WALDIS, 1940 in Luzern geboren, hat einige Semester Anglistik und Germanistik an der Universität Zürich studiert. Der Titel ihrer ersten und letzten Seminararbeit: »Poetic diction in the eighteenth century«. Weil sie lieber über das Hier und Jetzt schreiben wollte, schlug sie eine journalistische Laufbahn ein. Zusammen mit ihrem Ehemann Otmar Bucher gründete sie die mehrfach ausgezeichnete Jugendzeitschrift *Spick*. Waldis schrieb für die Jugend und, wenn sie noch Zeit hatte, für die Schublade. Mit sechzig hörte sie mit der Zeitschrift auf – und schrieb endlich ihr erstes Buch. Für ihre Erzählung »Tita und Leo« erhielt sie im Jahr 2000 den Schweizer Jugendbuchpreis. Ihre Romane und Kurzgeschichten für Erwachsene wurden mehrfach ausgezeichnet; *Ich komme mit* war 2019 das Lieblingsbuch des Deutschschweizer Buchhandels und erhielt den ZKB Schillerpreis 2019. Angelika Waldis hat einen Sohn, eine Tochter und drei Enkelkinder. Sie lebt in der Nähe von Zürich.